Diogenes Taschenbuch 20842

de
te
be

Friedrich Dürrenmatt

Werkausgabe in dreißig Bänden

Herausgegeben in Zusammenarbeit mit dem Autor

Band 12

Friedrich Dürrenmatt

Play Strindberg
Porträt eines Planeten

Übungsstücke für Schauspieler

Diogenes

Umschlag: Detail aus ›Turmbau 1‹ von Friedrich Dürrenmatt.
Play Strindberg erschien erstmals 1969 im Verlag der Arche, Zürich.
Porträt eines Planeten erschien erstmals 1971 im Verlag der Arche, Zürich.
Aufführungs-, Film-, Funk- und TV-Rechte:
Weltvertrieb: Reiss AG, Theaterverlag, Sprecherstraße 8, CH-8032 Zürich.

Vertrieb für Deutschland: Felix Bloch Erben, Verlag für Bühne, Film, Funk, Hardenbergstraße 6, D-1000 Berlin 12.
Vertrieb für Österreich: Theaterverlag Eirich GmbH, Lothringerstraße 20, A-1030 Wien.

40/91/8/5
ISBN 3 257 20842 1

Inhalt

Play Strindberg

Totentanz
nach August Strindberg

Szene

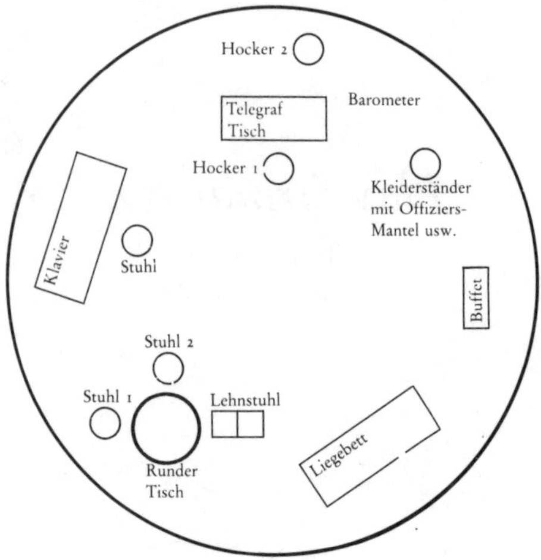

Hinten und auf den Seiten der Bühne schwarze Samtvorhänge, am Boden ein schwarzer Samtteppich. Darauf eine hellgraue kreisrunde Fläche. Die Szene. Auf ihr verschiedene Möbel. Links und rechts an den Bühnenseitenwänden je eine Requisitenbank mit den nötigen Requisiten, welche die Schauspieler selber holen. Über der Szene ein Ring mit Scheinwerfern. Der Inspizient schlägt den Gong.

Im Text bedeutet größerer Abstand längere Pause, Strich Zäsur. Beides sind Angaben, die helfen sollten, auf die Rhythmisierung des gesprochenen Textes zu achten.

Geschrieben 1968
Uraufführung im Basler Theater (Komödie)
am 8. Februar 1969

Alice, Edgar und Kurt treten auf.

A Play Strindberg.
E August Strindbergs ›Totentanz‹.
K Arrangiert von Friedrich Dürrenmatt.

Kurt geht aus der Szene, setzt sich auf die Requisitenbank 2 (rechts).

E Erste Runde.
A Unterhaltung vor dem Abendessen.

Gong.

Alice auf dem Liegebett, stickend, Edgar im Lehnstuhl.

Lange geschieht nichts.

Edgar zieht seine Uhr auf.

E Spiel was vor.
A Was?
E Was du willst.
A Solveigs Lied.
E Den Einzug der Bojaren.
A Du liebst nicht mein Repertoire.
E Du meines auch nicht.
A Dann spiele ich nichts vor.

E Die Türe ist offen.
A Soll ich sie schließen?
E Wenn du willst.
A Dann schließe ich sie nicht.

A Rauche doch.
E Ich vertrage keinen starken Tabak mehr.

A Rauche schwächeren.
E Ich habe keinen schwächeren.
A Rauchen ist doch deine einzige Freude.
E Was ist Freude?
A Ich weiß nicht.
E Ich auch nicht.

A Whisky?
E Später.

E Was gibt es heute abend?
A Frag Jenny.
E Die Makrelenzeit beginnt.
A Möglich.
E Es ist Herbst.
A Und wie.
E Eine geröstete Makrele mit einer Zitronenscheibe wäre nicht zu verachten.
A Dir ist bloß deine Gefräßigkeit geblieben.

—

E Ob wir noch Burgunder im Weinkeller haben?
A Nein.
E Wir brauchen aber Burgunder.
A Wozu?
E Wir müssen unsere silberne Hochzeit feiern.
A Unser fünfundzwanzigjähriges Elend brauchen wir nicht zu feiern.
E Wir hatten es manchmal nett miteinander.
A Das bildest du dir bloß ein.

—

E Bald ist alles vorbei.
A Hoffentlich.

E Von uns bleibt nichts als ein Schiebkarren voll Mist für ein Gartenbeet.
A Laß mich mit deinem ewigen Mist zufrieden.

A Post?
E Ja.
A Die Fleischrechnung?
E Ja.
A Wie hoch?

Alice geht zu Edgar.

E Ich brauche eine neue Brille.

Edgar gibt Alice die Fleischrechnung.

A Kannst du die Rechnung bezahlen?
E Ja.
A Jetzt?
E Später.
A Wenn du pensioniert wirst, weil deine Krankheit wiederkommt, muß ich sie zahlen.
E Ich bin kerngesund.
A Das ist mir neu.
E Nur hin und wieder ein wenig schwindlig.
A Du hast ganz schöne Absencen, mein Lieber.

Alice setzt sich wieder auf das Liegebett, stickt.

E Ich lebe noch zwanzig Jahre.
A Kaum.
E Ich bin nicht krank, ich bin nie krank gewesen, und ich werde nie krank sein.

A Deine Ansicht.

E Ich sterbe Knall auf Fall wie ein alter Soldat.

A Der Arzt ist anderer Ansicht.

E Der Arzt ist ein Idiot.

A Der Arzt gibt heute eine Gesellschaft.

E Soll er.

A Wir sind nicht eingeladen.

E Weil wir mit diesen Leuten nicht verkehren, und wir verkehren nicht mit diesen Leuten, weil wir nicht wollen, und wir wollen mit ihnen nicht verkehren, weil wir sie verachten.

A Weil du sie verachtest.

E Sie sind Pack.

A So nennst du alle Menschen. Nur dich nimmst du aus.

E Ich bin ein anständiger Mensch.

A Spielen wir Karten?

E Spielen wir Karten.

Alice setzt sich an den Tisch. Sie beginnen Karten zu spielen.
Kartenspielszene I.

A Dem Arzt steht das Musikkorps für seine Gesellschaft zur Verfügung.

E Weil er vor dem Oberst kriecht.

A Du kriechst auch vor dem Oberst.

E Ich brauche nicht vor dem Oberst zu kriechen, weil der Oberst mich zu schätzen weiß.

A Aber das Musikkorps steht dir nie zur Verfügung.

—

E Was ist Trumpf?

A Bist du müde?

E Nein.
A Dann sind deine Augen krank. Pik.
E Unsinn.
A Du sagtest doch, du brauchtest eine neue Brille.
E Jeder braucht einmal eine neue Brille.
A Und du willst noch zwanzig Jahre leben.
E Ich lebe noch zwanzig Jahre.
A Pik ist Trumpf.

—

E Sechs und acht macht fünfzehn.
A Vierzehn.

—

E Vierzehn.
A Rechnen kannst du auch nicht mehr.
E Wenn ich müde bin, bin ich zerstreut.
A Du sagtest doch, du bist nicht müde.
E Ich bin nicht krank.

A Man hört die Musik bis hierher.
E Das Musikkorps taugt nichts.
A Für die Offiziersfrauen taugen wir nichts.
E Mir egal.
A Dir.
E Ich bin einsam, ich bin immer einsam gewesen, und ich werde immer einsam sein.
A Ich auch.
E Dann beklage dich nicht.
A Für die Kinder ist es nicht egal.
E Die vergnügen sich in der Stadt.
A Ob Kurt ankommt?
E Heute abend.

—

A Besucht er uns?
E Er wird beim Arzt eingeladen sein.
A Er ist schließlich mein Vetter.
E Das ist keine Ehre.
A Laß meine Familie in Frieden, ich lasse deine Familie auch in Frieden.
E In meiner Familie verließ niemand Frau und Kinder wie dein Vetter.
A Du hast dich mit ihm gern unterhalten.
E Schufte brauchen keine Idioten zu sein wie die Leute auf dieser Insel, mit denen ich mich nicht unterhalte, weil sie Schufte und Idioten sind.
A Mein Vetter ist kein Schuft.
E Er ist ein Schuft, weil er uns verheiratet hat.

A Kennst du eine glückliche Ehe?
E Ekmarks.
A Sie ist im Spital.
E Von Kraffts.
A Er ist bankrott.
E Dann kenne ich keine glückliche Ehe.

E Spielen wir weiter.
A Spielen wir weiter.

A Schön, daß Kurt zu unserer silbernen Hochzeit kommt.
E Merkwürdig, daß er sich auf dieser lausigen Insel als Quarantänemeister niederlassen will.

A Wenn wir nicht geheiratet hätten, wäre ich noch am Theater.

E Um so besser für das Theater.
A Ich war eine berühmte Schauspielerin.
E Die Kritiker waren anderer Ansicht.
A Kritiker sind Schufte.
E Aber keine Idioten.
—
E So, ich nehme einen Whisky.

Edgar geht zum Buffet, schenkt sich einen Whisky ein.

E Auf den Oberst!

Trinkt.

E Wenn hier ein Querholz wäre, könnte man den Fuß darauf setzen und sich einbilden, man wäre in der Amerika-Bar in Kopenhagen.
A Kopenhagen war meine schönste Zeit.
E Erinnerst du dich an Nimbs Navarin aux pommes?
A Ich erinnere mich an die Konzerte in der Philharmonie.
E Wir waren nie zusammen in der Philharmonie.
A Meine schönste Zeit in Kopenhagen war die Zeit, als ich dich noch nicht kannte.

E Du hast mich nur geheiratet, um mit mir zu prahlen.
A Mit dir konnte ich nie prahlen.
E Ich war ein berühmter Militärschriftsteller.
A Dich hat nie ein Mensch gekannt.

E Sie tanzen beim Arzt.
A Den Alcazarwalzer.

A Du hast mich nur geheiratet, um mit mir zu prahlen.
E Mit dir konnte ich nie prahlen.
A Ich war eine berühmte Schauspielerin.
E Dich kennt kein Mensch mehr.

A Ich tanzte lange nicht mehr.
E Wir sind zu alt dazu.
A Ich bin zehn Jahre jünger.
E Ich lebe noch zwanzig Jahre.

E Die Flasche ist leer.
A Wir haben keinen Whisky mehr.

—

E Es ist finster.
A Du siehst ohnehin nichts mit deinen kranken Augen.
E Meine Augen sind nicht krank.
A Dann soll Jenny die Lampe anstecken.
E Jenny kommt nicht.
A Klingle.
E Jenny ist gegangen.
A Für immer?
E Für immer.
A Wenn Jenny geht, geht Christel.
E Geht Christel, bekommen wir keine Dienstboten mehr.
A Deine Schuld.
E Zu mir sind die Dienstboten höflich.
A Weil du vor ihnen kriechst, und du kriechst vor ihnen, weil du als Despot eine Sklavennatur bist.
E Ich krieche vor niemandem, ich bin vor niemandem gekrochen, und ich werde vor niemandem kriechen.
A Außerdem greifst du ihnen unter die Röcke.

Edgar setzt sich in den Lehnstuhl.

A Willst du weiterspielen?
E Nein.

Alice setzt sich mit dem Rücken zum Publikum auf das Liegebett, stickt wieder.

A Mein Vetter soll reich geworden sein.
E Der erste reiche Verwandte in der Familie.
A In deiner Familie. In meiner Familie gibt es viele reiche Verwandte.
E Deshalb stinkt mir ja auch deine Familie.

Der Telegraf klopft.

A Wer ist's?
E Die Kinder.

Edgar geht zum Tisch mit dem Telegrafen.

A Nun?
E Sie sind in der Hauptwache.
A Und?
E Judith ist krank.
A Schon wieder.
E Sie brauchen Geld.
A Schon wieder.

Edgar setzt sich hinter den Tisch mit dem Telegrafen, klopft das Schlußsignal.

E Die Kinder arbeiten in der Schule zuwenig.
A Du arbeitest auch nichts.

E Ich war der Klassenerste, mein Sohn fällt durch jedes Examen und meine Tochter auch.
A Rede mit ihnen.
E Rede du mit ihnen.
A Du bist feige, du bist immer feige gewesen, und du wirst immer feige sein.

E Ich w a r ein berühmter Militärschriftsteller!
A Ich w a r eine berühmte Schauspielerin!

Edgar gähnt.

A Du gähnst.
E Und.
A Vor deiner Frau?
E Was soll ich sonst tun. Wir führen jeden Abend dasselbe Gespräch.

E Ich glaube nicht, daß dein Vetter reich geworden ist.
A Er ist aber reich geworden.
E Warum wird er dann Quarantänemeister?
A Du hast es nicht einmal bis zum Major gebracht.
—
A Essen wir bald?

A Der Arzt bestellte für die Gesellschaft das Souper aus der Stadt vom Grandhotel.
E Dann gibt's Haselhühner. Ich möchte bloß wissen, was diese Barbaren dazu trinken.
A Soll ich dir nicht doch was vorspielen?
E Wenn du mir nicht mit deiner ewigen Solveig kommst.

A Dann nicht.
E Dann frag nicht.
A Die einzige Musik, die du liebst, ist dein unmöglicher Einzug der Bojaren.

Edgar steht auf und geht in die Mitte der Szene.

E Die Bojaren waren noch Herren.

Alice lacht.

E Im Weinkeller sind zwei Flaschen Champagner.
A Ich weiß.
E Wollen wir sie nicht heraufholen und so tun, als hätten wir Besuch?
A Der Champagner gehört mir.
E Sei nicht immer so ökonomisch.
A Ich muß ökonomisch sein, weil du kein berühmter Militärschriftsteller bist.
E Wollen wir nicht versuchen, wenigstens heute abend nett miteinander zu sein?
A Gegen frühere Abende sind wir heute abend nett miteinander.
—
E Soll ich dir was vortanzen?
A Du bist zu alt dazu.
E Wenn du den Einzug der Bojaren spielst, tanze ich dir trotzdem was vor.
A Auch wenn du alle für Idioten hältst, brauchst du dich nicht wie ein Idiot aufzuführen.

Edgar setzt sich in den Lehnstuhl.

E Die Haselhühner sind eine Delikatesse, wenn man sie nicht im Speck brät.

A Das Grandhotel brät sie nie im Speck.

E Der Oberst weiß mich zu schätzen.

A Dann ist er der einzige wirkliche Idiot.

E Es wäre vielleicht gut, wieder einmal jemanden einzuladen.

A Du hast alle weggegrault.

E Früher waren wir manchmal ganz glücklich, wenn wir Besuch hatten.

A Nachher waren wir noch unglücklicher. Nur der Besuch war froh, wenn er wieder gehen konnte.

Kurt klopft, auf der Requisitenbank sitzend.

E Das ist Christel.

A Sieh nach.

Edgar geht rechts hinten von der Szene.
Edgar betritt wieder die Szene.

E Es ist Christel.

Edgar setzt sich wieder in den Lehnstuhl.

E Sie geht auch.

—

A Wir sind erledigt.

E Wir hängen uns am besten auf.

Gong.

Alice, Edgar. Kurt betritt von rechts die Szene.

A Zweite Runde.
E Endlich Besuch.

Gong.
Alice, Edgar und Kurt breiten die Arme aus.

A Willkommen, Vetter!
E Willkommen, Kurt!
K Sei gegrüßt, Alice!

Kurt umarmt Alice.

K Sei gegrüßt, Edgar.

Kurt umarmt Edgar.

K Ihr wohnt immer noch in diesem alten Turm.
E Immer noch.
K Immer noch über dem Gefängnis.
A Immer noch.
K Ihr seid allein?
A Die Kinder sind in der Stadt.
K Habt ihr keine Dienstboten?
E Als freie Menschen vertragen wir das Sklavengesindel nicht.

K Wir haben uns lange nicht gesehen.

E Fünfzehn Jahre. Wir sind alt geworden. In Ehren verrostet.

Lachen.

A Kurt hat sich nicht verändert.

E Unsinn. Auch er ist alt geworden. Ich hoffe nur, auch in Ehren.

Lachen.

A Du bleibst bei uns.

K Ich bin beim Arzt eingeladen.

E Das ist kein Umgang für dich.

K Der Arzt wird mein Vorgesetzter.

Alice nimmt Kurt den Mantel und den Hut ab, hängt sie an den Kleiderständer.

E Alter Junge, ich fürchtete mich nie vor einem Vorgesetzten.

K Ich möchte mir unnötigen Ärger ersparen.

E Halte dich an mich, und du hast keinen Ärger. Auf dieser Insel befehle ich. Der Arzt ist ein schwachsinniger Quacksalber, der vor mir zittert. Alle auf dieser Insel zittern vor mir.

A Fast alle.

Kurt setzt sich an den runden Tisch auf Stuhl 2, Alice auf Stuhl 1.

K Schön. Ich bleibe.

A Bis du eine Wohnung gefunden hast.

K Ich sehe, daß ich willkommen bin.

E Natürlich bist du willkommen. Du bist einmal verflucht leichtsinnig gewesen. Doch die Geschichte ist vergessen, ich bin großzügig.

K Ich danke dir.

E Reden wir nicht mehr davon.

Edgar setzt sich in den Lehnstuhl.
Besuchsszene.

A Du bist weit herumgekommen?

K Ich ließ mich treiben.

E Und jetzt strandest du bei denen, die du vor fünfundzwanzig Jahren verkuppelt hast. Junge, Junge, wir haben unsere Ehe redlich geführt, zuweilen haben wir geächzt und gestöhnt, zuweilen ging es verdammt hart zu, wie in jeder richtigen Ehe, doch Alice kann sich nicht beklagen, die alte abgetakelte Schauspielerin, das Geld fließt in Strömen, ich bin nicht umsonst ein weltberühmter Militärschriftsteller.

K Es freut mich, daß dein Lehrbuch der Ballistik noch nicht veraltet ist.

E Es ist und bleibt das Standardwerk, obgleich die Scheißkerle heute nach einem völlig wertlosen Lehrbuch unterrichten.

K Tut mir leid.

E Ein Skandal.

K Wirklich.

E Ich sehe schwarz für die Armee.

K Hauptsache, eure Ehe hält.

A Und wie.

K Ich bin stolz, euch verkuppelt zu haben, wie du dich ausdrückst, mein Alter, wenn es auch nicht ganz der Wahrheit entspricht.

E Reden wir nicht mehr davon.

K Ihr seid im Ausland gewesen.

A In Kopenhagen.

E Fünfmal. Bist du je in Kopenhagen gewesen?

K Ich war meistens in Amerika.

E Soso.

K Und in Australien.

E Diese Landstriche müssen schauerlich sein. Von lauter Strolchen besiedelt.

K Kopenhagen ist anders.

A Deine Kinder?

K Keine Ahnung.

E Lieber Kurt, sei mir nicht böse. Ich bin eine ehrliche Haut und sage, was ich denke. Es war nicht klug von dir, deine Kinder im Stich zu lassen.

K Ich ließ sie nicht im Stich.

E Und auch nicht anständig von dir.

K Sie wurden der Mutter zugesprochen.

E Reden wir nicht mehr davon.

K Ich geniere mich nicht, davon zu reden. Ich bin froh, die Katastrophe heil überstanden zu haben.

E Das kann man sagen. Das kann man sagen. Mann Gottes, eine Ehescheidung ist immer eine Katastrophe.

K Die Scheidung? Wieso? Ich rede von meiner Ehe. Die war eine Katastrophe.

E Was Gott zusammenfügt, darf der Mensch nicht

scheiden. Kurt, wir sind Wichte, jämmerliche Wichte angesichts des Unendlichen.

K Sicher.

E Wir haben unser Schicksal zu tragen.

K Mein lieber Edgar, du bist glücklich verheiratet. Du kannst unmöglich eine unglückliche Ehe begreifen.

E Mein lieber Kurt, du bist in Amerika und in Australien hoffnungslos verspießert.

A Edgar.

E Verspießert. Wer sein Schicksal nicht trägt, ist verspießert.

K Hör mal –

E Reden wir nicht mehr davon.

—

K Wie geht es euren Kindern?

A Sie besuchen die Schule in der Stadt und sind schon fast erwachsen.

E Judith ist ein prächtiges Mädchen, kerngesund, und der Junge ein heller Kopf. Er hat das Zeug zu einem Kriegsminister.

A Falls er durchs Examen kommt.

K Gratuliere.

—

E Deine Kinder sollen ziemlich unbegabt sein, hört man.

K Möglich. Dann schlagen sie der Mutter nach.

E Reden wir nicht mehr davon.

—

E Willst du trinken?

K Später.

E Champagner?

K Tee.

E Ich hoffe, du bist keiner von diesen scheinheiligen Abstinenzlern geworden?

K Bin bloß ein wenig mäßiger geworden.

E Ein ganzer Mann muß sich vollaufen lassen können.

—

K Die Leute auf der Insel?

E Pack.

K Ihr seid mit allen verfeindet?

A Edgar ist mit allen verfeindet.

K Es muß doch schrecklich sein, zwischen lauter Feinden zu leben.

A Angenehm ist es nicht.

E Es ist durchaus nicht schrecklich. Ich habe mein ganzes Leben lang nur Feinde gehabt, und sie haben mir nicht geschadet, sie haben mir geholfen. Wenn ich abkratze, kann ich sagen: Ich bin keinem was schuldig.

A Edgar war nie auf Rosen gebettet.

E Ich machte mich aus eigener Kraft zu dem, was ich bin.

K Das kann ich von mir nicht behaupten. Seit ich als Ehemann jämmerlich versagte, zweifle ich etwas an meiner eigenen Kraft.

E Du bist ein himmeltrauriger Versager.

A Edgar!

E Ein himmeltrauriger Versager!

Edgar schlägt auf den Tisch.
Alice schlägt auf den Tisch.

E Gewiß, einmal setzt die Maschinerie aus, und nichts bleibt von uns übrig als ein Schiebkarren voll Mist für ein Gartenbeet, aber solange die Maschinerie noch klappert, soll man mit Händen und Füßen um sich schlagen, was das Zeug hält. Das ist meine Philosophie.

K Alice, dein Mann ist einfach köstlich.

Alice lacht.

A Es freut mich, daß es dir bei uns gefällt.

Kurt lacht.

E Du lachst über mich.
K Ich bewundere dich.
E Du bist bloß gekommen, dich am Schlamassel unserer Ehe zu weiden.
K Edgar, eure Ehe ist doch glücklich.
E Auch eine glückliche Ehe ist ein Schlamassel. Die Ehe ist überhaupt ein Schlamassel. Der Wind kommt.

Edgar geht zum Tisch mit dem Barometer.

E Das Barometer fällt.
A Du bleibst noch?
K Ich bleibe.
A Das Essen ist einfach.
E Ein Sturm zieht auf.

Klopft ans Barometer.

A Er ist nervös.
E Ich habe Hunger.
A Ich gehe. Philosophiert unterdessen. *Zu Kurt* Wider-

sprich ihm nicht, sonst verliert er die gute Laune, und frage nicht, warum er nicht Major geworden ist.

E Mach was Gutes, Alte.

A Gib mir Geld, und du bekommst was Gutes.

E Geld! Immer Geld!

Alice verläßt die Szene links, setzt sich auf die linke Requisitenbank.

E Geld, Geld. Den ganzen Tag fordert sie Geld, bis ich mir einbilde, ein Geldbeutel zu sein. Aber alles in allem ist sie ein tolles Weib, ein wunderbares Weib, und wenn ich erst an deine Ehemalige denke –

K Laß das jetzt begraben sein.

E Auch sie war ein wunderbares Weib, aber du hast sie nicht geformt. Ein Mann muß sein Weib formen. Formen!

Setzt sich.

E Deshalb ist Alice famos. Trotz allem.

K Trotz allem?

E Trotz allem, denn ich habe sie geformt. Sie ist eine treue Gattin, eine unübertreffliche Mutter, aber sie hat ein satanisches Temperament. Mein Guter, es gab im Leben Augenblicke, wo ich dich verflucht habe, daß du mich mit dieser Frau verkuppelt hast.

K Edgar, ich habe dich nicht mit ihr verkuppelt.

E Reden wir nicht mehr davon.

—

E Das Leben ist sonderbar. Da werde ich alt mit meiner

Frau, glotze in die Unendlichkeit und warte, daß das Leben versickert. Aber es versickert nicht. Weil wir Kinder haben! Glotzt du auch in die Unendlichkeit?

K *lacht* Nein.

E Weil du nicht in die Unendlichkeit zu glotzen wagst. Weil du deine Kinder im Stich gelassen hast.

K Ich habe sie nicht im Stich gelassen!

E Reden wir nicht mehr davon.

K Wie du willst.

E Jetzt bist du allein. Allein. Allein. Allein.

K Daran habe ich mich gewöhnt.

E Kann man sich gewöhnen, einsam zu sein?

K Sieh mich an.

E Du machst einen üblen Eindruck.

—

E Verzeih. Ich sage, was ich denke. Ich kann es mir leisten zu sagen, was ich denke. Ich bin der Herr dieser Insel. Weißt du, was ein Herr ist? Die Bojaren waren Herren.

K Deine guten Bojaren.

E Herren. Sie waren Herren.

K Spielt Alice immer noch den Einzug der Bojaren?

E Immer noch.

K Tanzest du immer noch dazu?

E Immer noch.

K Es scheint sich bei euch nichts verändert zu haben.

E Das Leben versickert bei mir nicht wie bei dir.

—

E Was hast du eigentlich in den letzten fünfzehn Jahren getan?

K Manches.

E Du bist reich geworden?

K Etwas.
E Ich will dich nicht anpumpen.
K Ich stehe zu deiner Verfügung.
E Nicht nötig. Das Geld fließt bei mir in Strömen. An dem Tage, wo es nicht mehr strömt, wird mich Alice verlassen.
K Das bildest du dir bloß ein.
E Sie wartet darauf.
—

Der Telegraf klopft.

K Was ist das?
E Die Zeitangabe.
K Habt ihr kein Telefon?
E In der Küche. Doch wenn wir telefonieren, erzählt das Fräulein vom Amt, was wir telefonieren, und so telegrafieren wir eben.
K Es muß ja grauenhaft sein, auf dieser Insel zu leben.
E Das Leben ist grauenhaft.

Edgar lacht, dann hustet er.
Edgar zündet sich eine Zigarre an.

K Schaden dir starke Zigarren in deinem Alter nicht?
E Ich bin kerngesund.

Pafft.

E Rauchst du auch? Na ja, du hast nicht die Konstitution dazu.
—

E Philosophieren wir.
K Lieber nicht.
E Philosophieren wir trotzdem.
K Wie du willst.

Kurt setzt sich auf Stuhl 1.
Philosophieszene 1.

E Glaubst du an Gott?
K Irgendwie.

K Und du?
E Irgendwie auch.

E Glaubst du an ein Leben nachher?
K Irgendwie.

K Und du?
E Irgendwie nicht.

E Glaubst du, daß es nachher auch Kämpfe gibt und Stürme?
K Irgendwie.

K Und du?
E Es gibt bloß die Vernichtung.

Edgar glotzt plötzlich vor sich hin.

K Irgendwie – Glaubst du –

Kurt stutzt.

K Edgar? Was hast du denn? Edgar!

Kurt rüttelt Edgar.

E Ich sterbe Knall und Fall wie ein alter Soldat.

Edgar glotzt wieder vor sich hin.

K Alice!

Alice kommt von links.

K Alice!
A Was gibt's?
K Weiß nicht, dein Mann –
A Ich weiß.

Alice kniet vor Edgar nieder, winkt, spricht nicht unfreundlich.

A Nun, du Mummelgreis, glotzt du wieder in deine Unendlichkeit? Ein Leben lang hast du mich in diesen Turm gesperrt, ein Leben lang war ich deinen Launen ausgesetzt, ein Leben lang mußte ich dein Geschwafel anhören, ein Leben lang versuchtest du, der Stärkere von uns beiden zu sein, aber ich, ich bin die Stärkere von uns beiden.
K Um Gottes willen, Alice! Er kann dich doch hören!
A Er kann in diesem Zustand nicht hören und nicht sehen. Stirb endlich, du mickriger Bojare, aufs Gartenbeet mit dir!

Edgar kommt langsam zu sich.

E Sagtest du was?
A Nein.

Edgar erhebt sich.

E Verzeiht.

Edgar geht zum Kleiderständer, nimmt die Uniformmütze und den Säbel.

E Ich muß die Posten inspizieren.

Edgar geht rechts hinten aus der Szene, setzt sich auf die Requisitenbank rechts. Alice setzt sich in den Lehnstuhl.

K Ist er krank?
A Möglich.
K Hat er den Verstand verloren?
A Möglich.
K Säuft er?
A Er prahlt bloß damit.
K Etwas muß er doch haben.
A Absencen. Schon seit Monaten. Und jedesmal, wenn er eine hat, sage ich ihm die Meinung.

—

A Kurt, ich habe dich zum Abendessen eingeladen.
K Ich habe langsam Hunger.
A In der Speisekammer ist nicht einmal ein Stück Brot. Wir sind verarmt.
K Ich gehe einkaufen.
A Auf dieser Insel gibt es um diese Zeit nichts zu kaufen.

K Eine schöne Insel habt ihr euch da ausgesucht.

—

A Kurt.
K Alice.

Alice erhebt sich, holt auf dem Klavier das Fotoalbum, setzt sich zu Kurt auf Stuhl 2.
Die Fotoalbumszene.

A Willst du unser Fotoalbum sehen?
K Bitte.
A Ich habe die Fotos selber eingeklebt.
K Sehr schön.
A Ich als Peritta.
K Wer ist denn das?
A Eine Gespielin der Medea.
K Sehr schön.
A Ich als Eucharis.
K Wer ist denn das?
A Eine Dienerin der Sappho.
K Sehr schön. Dein Mann als junger Leutnant.

Edgar, auf der Requisitenbank, kommandiert.

A Wenn er stürbe, bräche ich in ein Gelächter aus. Als Oberleutnant.
K Haßt ihr euch?
A Bodenlos.
K Seit wann?
A Seit jeher. Ich mit den Brautjungfern.

Edgar kommandiert.

K Sehr schön. Warum habt ihr eigentlich geheiratet?

A Weil er mich genommen hat. Und jetzt muß ich Messing putzen, Gläser abtrocknen, Fußböden scheuern, heizen und kochen, weil uns die Dienstmädchen immer davonlaufen.

Edgar kommandiert.

A Pastor Nielsen. Er hat uns getraut.

K Sehr schön. Trennt euch wenigstens.

A Wir haben es versucht. Fünf Jahre lebten wir in diesem Turm, ohne uns zu sehen. Dann kam er wieder angewinselt. Die Langeweile war zu groß.

Edgar kommandiert.

A Der Oberst.

K Sehr schön.

A Unsere Kinder.

K Sehr schön.

A Die zwei sind gestorben.

K Auch das hast du durchgemacht?

A Alles. Die zwei leben noch.

K Sehr schön.

A Zwillinge. Er hetzt Judith gegen mich und ich hetze Olaf gegen ihn auf. Die Insel von Süden gesehen.

K Sehr schön.

Edgar kommandiert.

K Warum gibt er mir die Schuld an eurer Heirat?

A Um dich aus dem Hause zu ekeln. Du und deine Frau mit uns auf dem Dampfer.

K Ich habe euch nicht verkuppelt.
A Du hast nicht mich, du hast deine Frau geheiratet.
K Ich liebte meine Frau.
A Vorher liebtest du mich.
K Sicher, aber du bist mit fliegenden Fahnen zu deinem Militärschriftsteller übergelaufen, um gesellschaftlich hochzukommen.
A Laß das.
K Reden wir nicht mehr davon.

Edgar kommandiert.

A Mein Mann als Hauptmann. Ich gehöre einem verfluchten Geschlechte an.
K Sehr schön.
A Ich und die Kinder am Strand.
K Sehr schön.
A Wenn das Meer bloß steigen und uns wegspülen wollte.

Schließt das Album.

A Kurt, du mußt bei mir bleiben.
K Ich bleibe bei dir. Eine Ehe habe ich aus nächster Nähe gesehen: meine. Die eure ist noch fataler.

Edgar kommandiert.

K Er hat seine Inspektion beendet.
A Er wütet, weil er nichts zu essen bekommt.
K Lenk ihn ab. Bring ihn in eine gute Laune. Spiel ihm was vor.
A Solveigs Lied.

Alice setzt sich ans Klavier, spielt und singt. Kurt lehnt sich gegen das Klavier, schlägt versonnen mit der Hand den Takt.
Hausmusikszene I.

A Der Winter mag scheiden, der Frühling vergehn, der Frühling vergehn, der Sommer mag verwelken, das Jahr verwehn, das Jahr verwehn.

Edgar kommt.

A Du kehrst mir zurücke, gewiß, du wirst mein, gewiß, du wirst mein, ich hab es versprochen, ich harre treulich dein, ich harre treulich dein.
E Schluß!

Edgar klappt das Klavier zu.

E Klagt sie wieder, unsere hochgefeierte Duse? Hat sie ihrem edlen Jugendgeliebten ihr leidgeprüftes Leben gebeichtet an Ritter Blaubarts schrecklicher Seite? Marsch, alte Schachtel, spiel den Einzug der Bojaren, bevor wir uns zu Tische begeben, dein Herr ist eingezogen, dir den Meister zu zeigen!

Alice nimmt Notenblätter vom Klavier, breitet sie auf dem Notenbrett aus.

A Der Einzug der Bojaren.
K Ich helfe dir.

Kurt setzt sich neben Alice.

E Marsch, marsch, ich will tanzen.
A Der Einzug der Bojaren.

Alice und Kurt spielen vierhändig den Einzug der Bojaren. Edgar beginnt zu tanzen, tanzt immer wilder, sinkt plötzlich zu Boden, bleibt liegen.
Alice und Kurt spielen weiter, ohne etwas zu bemerken.

A Wiederholen wir?

Alice und Kurt beginnen den Einzug der Bojaren von neuem. Kurt wendet sich um, sieht Edgar bewußtlos am Boden.
Alice wendet sich um.

A Herr Jesus.

Gong.

K Dritte Runde.
A Ohnmachtsanfälle.

Gong.
Edgar ohnmächtig im Lehnstuhl.
Alice auf Stuhl 1 legt Patiencen.
Kurt sitzt auf dem Liegebett.

E Der Oberst weiß mich zu schätzen.
K Er redet vom Oberst.
A Er redet immer vom Oberst.

E Eine geröstete Makrele mit einer Zitronenscheibe.
K Er redet vom Essen.
A Er redet immer vom Essen.
E Haselhühner.
K Tief atmen.

E Was war denn?
K Du bist hingefallen.
E Ich falle nie hin.
K Du bist aber hingefallen.

Edgar, um seine eiserne Gesundheit zu beweisen, unternimmt von rechts nach links einen Szenenrundgang. Kurt, besorgt, geht, rückwärtsschreitend, vor ihm her.

E Tanzte ich den Einzug der Bojaren?
K Gewiß.
E Tanzte ich großartig?
K Ich saß neben Alice am Klavier und konnte deinen Tanz nicht sehen.
E Ich tanze immer großartig.

Edgar bleibt stehen.

K Tief atmen.

Edgar atmet tief.

K Geht es dir jetzt besser?

Edgar geht weiter.

E Mir geht es ausgezeichnet. Mir fehlt nichts. Ich bin kerngesund.

Edgar bleibt stehen.

K Tief atmen.

Edgar kippt nach vorne, Kurt fängt ihn auf.

K Alice, hilf mir doch.
A Ich kann ihn nicht anrühren.

Edgar steht wieder.

E War etwas?
K Du wolltest umkippen.

Edgar geht weiter.

E Bloß die Augen taugen nichts mehr.
K Du bist krank.
E Ich bin nicht krank, ich bin nie krank gewesen, und ich werde nie krank sein.

Edgar bleibt stehen.

K Tief atmen.
E Mir ist schwindlig.
K Tief atmen.

Edgar geht weiter.

E Mir war schwindlig, weil das Barometer fällt und ein Sturm aufzieht.
K Leg dich hin.
E Ich will mich nicht hinlegen.
K Dann setz dich wieder.
E Ich will mich nicht setzen.

Die beiden sind auf ihrem Szenenrundgang wieder in ihrer Ausgangsposition angelangt. Edgar kippt um, wird von Kurt aufgefangen.

K Alice! Er ist dein Mann und braucht deine Hilfe.
A Zum Sterben braucht man keine Hilfe.

Edgar steht wieder.

E Was war das?
K Wieder umgekippt.

E Ich lebe noch zwanzig Jahre.
K Tief atmen!

Edgar setzt sich in den Lehnstuhl.

E Ich muß mich setzen. Ich sterbe Knall und Fall wie ein alter Soldat.
K Ich telefoniere dem Arzt.
E Ich will keinen Arzt.
K Ich telefoniere trotzdem.
E Du kannst nicht telefonieren. Das Pack hat das Telefon abgestellt.
A Weil die Rechnung nie bezahlt wurde.
K Dann gehe ich zum Arzt.
E Wenn er kommt, schieße ich den schwachsinnigen Quacksalber über den Haufen.
K Ich gehe trotzdem.

Kurt geht rechts hinten aus der Szene.
Alice legt weiter Patiencen.

E Ich bin krank.
A Ich habe es immer gesagt.

E Ein Glas Wasser.

A Muß wohl.

Alice geht links aus der Szene, holt von der Requisitenbank ein Glas Wasser.
Edgar trinkt.

E Liebenswürdig.

A Wirst du dich jetzt pflegen?

—

E Muß wohl.

A Dann pflege dich.

—

E Du wirst es wohl nicht wollen?

A Schlag dir das aus dem Kopf.

—

E Es geht mir miserabel.

A Ich habe es immer gesagt.

—

E Auf diese Stunde hast du nur gewartet.

A Du hast gehofft, sie käme nie.

—

E Die Bojaren waren Herren.

Edgar glotzt wieder vor sich hin.

A Stirb endlich, du mickriger Bojare, aufs Gartenbeet mit dir! Ein Leben lang hast du mich in diesen Turm gesperrt, ein Leben lang war ich deinen Launen ausgesetzt, ein Leben lang mußte ich dein Geschwafel anhören, ein Leben lang versuchtest du, der Stärkere von uns beiden zu sein, aber ich, ich bin der Stärkere von uns beiden, und von der Welt konntest du mich auch nicht abschließen, wie du dir einbildest, denn ich kann längst telegrafieren, seit Jahren, du bist bloß nicht dahintergekommen.

Edgar kommt langsam zu sich.

E Sagtest du was?

A Nein.

E Ob Kurt wiederkommt?

A Er hätte so gerne die Einladung des Arztes angenommen.

E Nun ist er beim Arzt.

E Ob er jetzt Haselhühner verzehrt?

A Kurt läßt uns nicht im Stich.

E Als Vorspeise Lachs?

A Er ist kein Schuft.

E Er ist ein Schuft und ein Feigling, weil er nicht zu sagen wagte, er habe von uns genug und beim Arzt gäbe es besseres Essen.

Kurt kommt.

K Der Arzt kennt deine Konstitution.

E Und?

Kurt setzt sich aufs Liegebett.

K Du mußt vorsichtig sein.

A Ich habe es immer gesagt.

K Keine Zigarren.

E Ich rauche nicht mehr.

A Wollen sehen.

K Keinen Whisky.

E Ich trinke nicht mehr.

A Wollen sehen.

E Zu essen?

A Nur Milch.

E Der Arzt ist ein schwachsinniger Quacksalber.

A Das sagst du immer.

K Er war sehr freundlich.
E Ein Heuchler.
K Er kommt, wenn du es verlangst.
E Der Kerl soll weiterfeiern. Mir geht es ausgezeichnet. Ich verspüre einen riesigen Appetit.
K Vielleicht geht es ihm doch besser.
A Gleich wird er wieder vor sich hinglotzen.
E Was gibt es denn heute abend?
A Frag Jenny.
E Jenny ist gegangen.
A Frag Christel.
E Christel ist auch gegangen.
A Dann gibt es nichts zu essen.
E Willst du mich verhungern lassen?

Edgar sinkt wieder in sich zusammen.

A Da glotzt er wieder.
K Dein Mann tut mir langsam leid.
A Was sagt der Arzt wirklich?
K Es steht schlecht.
A Kann er sterben?
K Er kann sterben.
A Gott sei Dank.

Edgar kommt wieder zu sich.

E Es geht mir scheußlich.
A Ich habe es immer gesagt.
E Einen Kognak.
A Wir haben keinen Kognak.

—

E Die Polonaise.
A Die werden auch immer übermütiger.
E Ich fürchte mich.
K Wovor?
E Vor der Vernichtung.
K Tief atmen.
E Ich will nicht sterben.
K Tief atmen.
E Ich will leben.
K Tief atmen.
E Ich will leben!
—
E Holt einen Arzt, bitte, einen Arzt aus der Stadt. Bitte.

Alice geht zum Telegraf, beginnt zu telegrafieren.

E Du kannst telegrafieren?
A Ich kann.
—
E Seit wann?
A Seit Jahren.

Alice telegrafiert das Schlußsignal, kommt wieder an den Tisch zurück, legt weiter Patiencen.

E Telegrafieren. Das Biest kann telegrafieren.

Fällt in eine tiefe Ohnmacht.

K Alice.
A Kurt.

Legt weiter Patiencen.

K Dein Mann – ich weiß nicht –
A Ist er tot?

Legt weiter Patiencen.

K Ich glaube, er ist in eine tiefe Ohnmacht gefallen.

Gong.

E Vierte Runde.
K Am Krankenlager.

Gong.
Auf dem Liegebett zugedeckt Edgar, schlafend.
Im Lehnstuhl Alice, sich pudernd und schminkend.
Hinter dem runden Tisch Kurt, sich in einer Schüssel das Gesicht waschend. Er hat die Schuhe ausgezogen. Sie stehen vor Stuhl I, *über dessen Lehne sein Rock hängt. Die Weste hängt am Kleiderständer.*

K Draußen geht die Sonne auf.
A Vorhin schnarchte er.
K Er ist nicht mehr ohnmächtig.
—
K Es geht ihm, Gott sei Dank, besser.
A Es geht ihm, leider Gottes, besser.

Kurt geht zum Kleiderständer, zieht die Weste an.

A Ist er nicht ungewöhnlich häßlich?
K Kannst du nicht ein einziges gutes Wort über ihn sagen?
A Er ist trotzdem ungewöhnlich häßlich.

Kurt kehrt zum runden Tisch zurück, knöpft sich die Hemdsärmel zu.

K Er kann auch liebenswürdig sein.
A Wenn er etwas im Schilde führt.
K Er mußte eine harte Jugend durchmachen.
A Die zahlt er mir heim.
K Bei fünfundzwanzig Grad Kälte ohne Mantel auf die Straße.
A Hätte ich nicht noch meinen alten Mantel aus Kopenhagen, müßte ich das auch.
K Sein Vater hat sein Vermögen verjubelt.
A Er meins.
K Dafür liebt er seine Tochter.
A Die ging mit Fäusten auf mich los.

Kurt zieht sich die Schuhe an.

K Ob wir ihm nicht wenigstens die Stiefel ausziehen sollten?
A Ohne Stiefel bleibt nichts von ihm übrig.
K Ob ich wieder zum Arzt –
A Du bleibst da.
K Warum haßt ihr euch eigentlich?
A Keine Ahnung.
K Es muß doch einen Grund geben.
A Wir sind verheiratet.
K Er ist wirklich ungewöhnlich häßlich.

Alice hat sich hergerichtet und betrachtet Kurt nachdenklich.

A Kurt, ich bin nicht immer gut zu dir gewesen.
K Du bist immer gut zu mir gewesen.

A Du bist so geduldig.
K Das brachte mir das Leben bei.
A Warum bist du auf diese Insel gekommen?
K Um Quarantänemeister zu werden.
A Das hast du doch nicht nötig.
K Irgendeine Tätigkeit hat jeder nötig.
—
A Warum willst du hier Quarantänemeister werden?
K Um Frieden zu finden.
A Bist du unglücklich?
K Jeder hat seine Schwierigkeiten.
A Liebst du mich noch?

Edgar wacht auf.

K Er wacht auf.
A Ich gehe in die Küche.

Alice nimmt das Waschbecken und geht links aus der Szene zur Requisitenbank.

E Das war der Genesungsschlaf. Habe ich lange geschlafen?
K Du bist lange ohnmächtig gewesen, und dann hast du geschlafen.
E Ist ein Arzt aus der Stadt gekommen?
K Nein.
E Pack.

Kurt zieht den Rock an, nimmt den Hocker 1 und setzt sich an das Fußende des Liegebetts.

K Wie fühlst du dich?

E Das Biest kann telegrafieren.
K Soll ich den hiesigen Arzt rufen?
E Der schläft seinen Rausch aus.

—

K Soll ich einen Pfarrer rufen?
E Wozu?
K Dein Gewissen zu erleichtern.
E Ich habe kein Gewissen.

—

K Soll ich einen Notar rufen?
E Wozu?
K Dein Testament zu machen. Damit Alice wenigstens die Möbel behalten darf, falls dir etwas geschieht.
E Was könnte mir geschehen?
K Was jedem geschehen kann.
E Es geschieht mir nichts, und falls mir etwas geschieht, braucht das Biest keine Möbel.

E Ich denke nach.
K Worüber?
E Deine Frau war ein wertvoller Mensch.
K Möglich.
E Leider mußte sie auf einen Kerl wie dich kommen.

Kurt lacht.

E Du bist früher Bankangestellter gewesen?
K Nun?
E Und in Amerika und Australien?
K War ich zuerst Kellner.
E Auch ein schmieriger Beruf.
K Dann wurde ich Goldsucher.

E Überhaupt kein Beruf.
K Man muß im Leben manchmal alles wagen.
E Offenbar hattest du Glück.
K Ziemlich.
E Wenn du nun Quarantänemeister wirst, nimmst du deine Kinder zu dir?
K Die bleiben bei ihrer Mutter.
E Man sollte seine Pflichten erfüllen.
K Sicher.
E Du bist offenbar nicht der Mann dazu.

Alice kommt mit roten Rosen, wirft sie Edgar aufs Liegebett.

A Von den Unteroffizieren und der Musik.
E Meine Untergebenen denken an mich.

Alice setzt sich in den Lehnstuhl, lackiert sich die Fingernägel.

E Weil ich wie ein Vater zu ihnen bin, der sie formt, vor dem sie zittern und den sie achten, weil sie spüren, daß ich ohne Furcht und Tadel bin. Stell die Blumen in eine Vase.

Alice rührt sich nicht.

E Später. Ich bin nicht leicht gerührt, wahrhaftig nicht, ich bin ein Soldat, und die Menschen sind ein Pack, doch diese unbeholfene Geste ist bei Gott ehrlich gemeint, sie kann nur ehrlich gemeint sein.

Der Telegraf klopft.

E Judith. Meine Tochter.

Alice geht zum Telegrafen. Liest.

A Heute großer Ball, kann nicht kommen, wünsche gute Besserung. Papa soll nicht so viel trinken.

Alice klopft das Schlußsignal.

E Das Leben ist trostlos. Meine geliebte Tochter schlägt ihrer Mutter nach, und ich ringe mit dem Tode.

Alice setzt sich wieder in den Lehnstuhl, lackiert weiter.

A Du hast sie gegen mich aufgehetzt, und nun wendet sie sich gegen dich.
E Pfui Teufel.
A Es gibt noch einen gerechten Herrgott.

E Ich mag nicht mehr leben.
A Dann leg dich endlich ins Bett.
E Liege ich im Bett, komme ich nicht mehr hoch.
A Du willst ja nicht mehr leben.
E Ich muß leben, auch wenn ich nicht mehr will.
A Das verlangt kein Mensch.
E Ich bin Soldat.
A Dann zieh wenigstens deine gräßlichen Stiefel aus.
E Ein Soldat muß jederzeit gerüstet sein.
A Deine ewigen Phrasen. Wir leben im tiefsten Frieden.
E Unsere Ehe ist ein einziges Gemetzel.

Der Telegraf klopft.

E Der Oberst. Er weiß mich zu schätzen.

Alice geht zum Telegrafen. Liest.

A Pensionierung bewilligt.

Alice klopft das Schlußsignal und setzt sich wieder in den Lehnstuhl.

E Woher weiß der Oberst von meiner Unpäßlichkeit?
A Eine frohe Botschaft verbreitet sich mit Windeseile.
E Ich habe keine Pensionierung verlangt.
A Ich habe sie verlangt.
E Ich nehme sie nicht an.
A Der Oberst weiß dich offenbar doch nicht zu schätzen.
E Das Leben ist undankbar.

—

E Ich habe Hunger.
A Und?
E Mach zwei Chateaubriands.
A Zwei?
E Für mich und Kurt.
A Wir sind drei.
E Dann mach drei.
A Woher soll ich die Chateaubriands nehmen?
E Kauf sie im Kasino.
A Gib mir Geld.
E Ich habe kein Geld.
A Dann hast du auch keine Chateaubriands.
E Nimm sie auf Kredit.
A Wir haben keinen Kredit mehr.

E Das Leben ist erbärmlich.

—

E Erbärmlich. Mein lieber Kurt, ich habe mich fast drei Jahrzehnte lang im Dienste des Vaterlandes in die Ballistik versenkt, und das Resultat: Ich werde ausgehungert. Aber vielleicht kannst du die Erbärmlichkeit des Lebens nicht begreifen, weil du selber ein erbärmlicher Kerl bist.

A Edgar!

E Ein erbärmlicher und jämmerlicher Kerl.

A Kurt hat die ganze Nacht mit nüchternem Magen bei dir gewacht, weil nicht einmal Kaffee vorhanden ist, und du beleidigst ihn!

E Mein lieber Kurt, sie schäumt, weil ich letzte Nacht nicht gestorben bin.

A Weil du nicht vor fünfundzwanzig Jahren gestorben bist.

Alice und Edgar gleichzeitig:

A Stirb endlich, du mickriger Bojare, aufs Gartenbeet mit dir!

E Ich bin nicht krank, ich bin nie krank gewesen, ich werde nie krank sein!

E Verdammt gemütlich geht es hier zu, verdammt gemütlich.

Edgar übergibt die Rosen Kurt.

E Und diese Ehe, alter Junge, hast du gestiftet.

Edgar erhebt sich, geht zum Kleiderständer, nimmt den Säbel und die Uniformmütze.

E So. Ich gehe ins Kasino. Chateaubriands essen. Dann gondle ich in die Stadt. Zum Oberst.

Edgar geht rechts hinten aus der Szene.
Gong.

A Fünfte Runde.

K Hausmusik.

Gong.
Alice spielt am Klavier Chopin.
Kurt lehnt sich links ans Klavier.
Edgar betritt von rechts hinten die Szene.
Kurt winkt.
Edgar winkt zurück.
Edgar hängt die Mütze und den Säbel an den Kleiderständer.
Edgar zündet sich eine Zigarre an.
Edgar lehnt sich rechts ans Klavier.
Alice spielt zu Ende.

K Valse de l'adieu.

E Sehr schön.

A Nun?

E Was habt ihr getrieben?

A Wir haben die Insel besichtigt.

E Eine miese Insel.

K Ein interessanter Hafen.

A Und was hast du getrieben?

E Ich habe in der Stadt gewaltig gegessen. Nimbs Navarin aux pommes.

—

E Ihr seid wohl noch hungrig?
A Wir haben im Fährhaus gegessen.
E Dort ißt man schauerlich.
K Passabel.
E Na ja, in Amerika und Australien wirst du kulinarisch kaum verwöhnt worden sein.

—

A Was Neues in der Stadt?
E Meine Pensionierung ist rückgängig gemacht worden.
A Ach.
E Der Oberst weiß mich zu schätzen.

—

A Wie geht es dir gesundheitlich?
E Ich bin vom Jenseits zurückgekehrt.
K Und rauchst?
E Ich war bei einem Arzt.
A Und?
E Wieder kerngesund. Ich lebe noch zwanzig Jahre.
A Das kann ja nett werden.

—

E Die Rückkehr auf dem Dampfer war gewaltig. Das Meer, der Himmel, die ersten Sterne, die Stille, der Friede – der Gottesfriede.
K Du bist auf einmal so fromm.
E Die Krankheit hat mich geläutert.
K Gratuliere.
E Die Unsterblichkeit der Seele ist mir aufgegangen.
A Schade um den Schiebkarren voll Mist für ein Gartenbeet.

Alice spielt weiter Chopin.

Edgar nimmt Alice die Noten weg und schließt das Klavier.

E Meine verehrte Alice, ich brachte unser Leben in Ordnung.
A Unser Leben?

Edgar geht zum Tisch mit dem Telegrafen, legt die Zigarre weg.

E Unser verpfuschtes Leben.

Edgar macht einen Tanzschritt.
Edgar geht zum Liegebett.

E Du scheinst beunruhigt?
A Durchaus nicht.

Edgar lacht.

E Beginnen wir mit meinem Testament. Wie ich dich kenne, hast du es von einem Notar aufsetzen lassen.

Edgar setzt sich aufs Liegebett.

A Bitte.

Alice nimmt das Testament aus der Schublade des runden Tisches, gibt es Edgar.

E Danke.

Edgar setzt sich die Brille auf.

E Eine neue Brille.

Edgar liest das Testament.

E Zu deinen Gunsten.

Edgar zerreißt das Testament sorgfältig in kleine Streifen. Edgar zieht Alice zu sich aufs Liegebett.

E Meine verehrte Alice: Auf Grund deines oft geäußerten Wunsches, mit unserer Ehe Schluß zu machen, auf Grund der Lieblosigkeit, mit der du mich und die Kinder behandelst, und auf Grund der Nachlässigkeit, mit der du den Haushalt führst, habe ich in der Stadt die Scheidung eingereicht. So kommt auch unser Leben endlich in Ordnung.

A Ach.

E Tja.

A Und dein wirklicher Grund?

E Ich beschloß, die letzten zwanzig Jahre meines Lebens mit einer Frau zu teilen, die mich liebt und ein wenig Wärme, Gemütlichkeit, Sorgfalt und Schönheit ins Haus bringt.

A Du willst mich hinauswerfen?

Edgar lacht und erhebt sich.

E Ich heirate Kurts ehemalige Gattin.

Kurt lacht.

A Was soll aus mir werden?

E Ich denke, du bist eine berühmte Schauspielerin.
A Du hast mein Vermögen verbraucht.
E Du hast schon etwas auf der Seite.
A Dafür hast du nichts als Schulden.
E Ich habe fünfundzwanzigtausend Kronen auf der Bank.

Kurt lacht.

A Da. Der Ehering.

Alice wirft Edgar den Ring zu.

E Danke.

Edgar steckt den Ring ein.

E Darf ich den Zeugen bitten, davon Kenntnis zu nehmen?

Alice auf dem Liegebett beginnt wieder zu sticken und spricht mit einer Nadel im Mund.

A Und darf ich den Zeugen bitten, davon Kenntnis zu nehmen, daß mein Mann mich ermorden wollte?
K Nein.
A Tja.
K Wie?
A Er stieß mich ins Meer.
K Wo?
A Auf der Brücke.
K Wann?

A Vor zwei Monaten.
K Ist ja toll!

E Das kannst du nicht beweisen.
A Meinst du.
E Du hast keinen Zeugen.
A Judith. Sie wird die Wahrheit sagen.
E Das wird sie nicht. Sie ist mir behilflich und ich ihr.

Edgar setzt sich zu Alice auf das Liegebett.

K *lacht* Du bist ja ein ausgekochter Schuft.

Kurt setzt sich ans Klavier.

E Deine wohlerzogene Tochter Judith muß ein Kind abtreiben lassen, wer der Vater ist, weiß der Himmel, ich finanziere den Eingriff, und sie wird meine Version des Unfalls bestätigen. Dann kann sie tun, was sie will. Sie ist nicht mehr meine Tochter. Im übrigen bedauert sie, daß du eine so ausgezeichnete Schwimmerin bist.
A Sie wollte nie auf mich hören.
E Reden wir nicht mehr davon.
K Du bist rücksichtslos.
E Das Leben ist rücksichtslos.

Kurt spielt auf dem Klavier die ersten Akkorde zu Solveigs Lied.

E Schweigen wir, auch über die Saufgelage deines von dir verhätschelten Sohnes und über seine Entlassung aus der Schule.

A Ich war ihm eine gute Mutter.

E Schweigen wir endgültig über die zwei unglückseligen Produkte einer unglückseligen Ehe.

K Hör auf, sie zu quälen.

E Man muß die Wahrheit ertragen können.

Kurt spielt auf dem Klavier die ersten Takte von Solveigs Lied. Edgar schüttelt sich vor Lachen.

E Ein anständiger Offizier wurde von einer unbegabten Schauspielerin an den Rand des Wahnsinns getrieben, das ist die Geschichte.

Alice stickt.

A Ich habe alles für meine Kinder getan.

Edgar erhebt sich würdevoll, setzt sich in den Lehnstuhl, legt die Uhr auf den Tisch.

E In zehn Minuten habt ihr beide das Haus verlassen. Die Uhr liegt auf dem Tisch.

A Du hast die Kinder zu dem gemacht, was sie sind.

E Zehn Minuten. Das Schicksal tickt.

Edgar preßt die Hand aufs Herz.

K Was hast du?

E Nichts.

K Soll ich wieder mal den Arzt –

E Es geht mir hundsgemein –

Edgar fällt in den Lehnstuhl zurück und spielt Ohnmacht.

K Wieder in eine tiefe Ohnmacht gefallen.

Alice stickt.

A Olaf und Judith wären am besten auch gestorben.
K Kann ich dir helfen?
A Mir ist nicht zu helfen.
K Vielleicht stirbt er.
A Er stirbt nie.
K Du mußt jetzt nicht den Mut verlieren.

Alice stickt.

A Du weißt nicht alles. Vor fünfzehn Jahren fing er mit deiner Frau ein Verhältnis an.
K Tja.
A Gehen dir endlich die Augen auf?
K Ich wußte es immer.
A Immer?
K Natürlich.

A Er haßt dich.
K Er haßt alle.
A Und du willst dich nicht rächen?
K An einer Ruine braucht man sich nicht zu rächen.
A Ich will mich rächen.
K Wie?
A Er hat sich selbst verraten. Er hat fünfundzwanzigtausend Kronen auf der Bank.
K Er muß enorm gespart haben.
A Er verpraßt alles im Kasino.
K Dann kann er nicht fünfundzwanzigtausend Kronen auf der Bank haben.

A Ich weiß, was zu tun ist. Er ist mit dem Zeugmeister befreundet. Die beiden müssen gemeinsame Interessen haben.

Alice setzt sich auf die Lehne des Lehnstuhls, zupft Edgar an den Ohren.

A Ich telegrafiere dem Oberst, du und der Zeugmeister hätten fünfundzwanzigtausend Kronen unterschlagen.
K Bist du sicher?
A Nur so ist die Summe zu erklären. Du mickriger Bojare!

Alice geht zum Telegraf und telegrafiert.

A Mein Mann hat mein Leben zerstört und meine Kinder zugrunde gerichtet. Er soll unter diesem Zimmer im Gefängnis sitzen, und ich werde den Einzug der Bojaren tanzen.

Tanzt.

K Du bist übermütig.
A Sich rächen macht Spaß.
K Du kannst gut tanzen.
A Ich kann noch mehr.
K Bist du sicher?
A Lerne mich kennen.
K Ich möchte dich gerne kennen.
A Dann mußt du dich rächen.
K Jetzt will ich mich rächen.

A Du hast nicht den Mut dazu.
K Ich habe die Lust dazu.
A Du bist viel zu anständig.
K Ich bin gar nicht so anständig.
A Das mußt du beweisen.
K Komm mit mir ins Bett.

Alice hört auf zu tanzen.

K Ich will mit dir schlafen.

Alice tanzt weiter.

A Er könnte jetzt sterben.
K Dann haben wir uns gemeinsam gerächt.

Alice und Kurt verlassen rechts hinten die Szene.
Edgar sieht ihnen grinsend nach, tanzt dann nach links hinaus.
Gong.

Edgar kommt von der Requisitenbank links mit einer riesigen Platte kalter Speisen und einer Flasche Wein, stellt die Platte auf den Tisch, rückt den Lehnstuhl hinter den Tisch, so daß dieser nun links von Stuhl 1 und rechts von Stuhl 2 flankiert wird. Edgar setzt sich in den Lehnstuhl, bindet sich eine große Serviette um.

E Sechste Runde. Einsames Abendessen.

Gong.
Edgar betet, gießt sich Wein ein. Edgar beginnt langsam zu essen. Edgar trinkt, stellt das Glas auf den Tisch zurück.
Gong.

Alice und Kurt kommen von der Requisitenbank rechts, betreten die Szene.

E Siebente Runde. Eine Stunde später.

Gong.
Edgar ißt weiter.

K Du ißt?
E Es schmeckt.

Edgar ißt weiter.

E Es schmeckt gewaltig.

Edgar ißt weiter.

A Du ißt schon lange?
E Schon lange und ausgiebig.

Edgar ißt weiter.

K Woher kommt eine so ungemeine Menge von Speisen auf den Tisch?
E Aus der Speisekammer.
K Dort ist nicht einmal ein Stück Brot.

E Mein alter Junge, du kennst meine Frau doch noch nicht. In der Speisekammer häufen sich die Speisen.

K Alice, das ist doch nicht möglich.

Alice legt sich aufs Liegebett, nimmt eine Zigarette.

E Während du die ganze Nacht mit nüchternem Magen bei mir gewacht hast, ging sie von Zeit zu Zeit in die Küche, um etwas zu essen, wie ich sie kenne.

A Das ist nicht wahr.

E Strategie. Dir wollte sie die Gedemütigte vorspielen, und mich wollte sie aushungern. Seien wir ihr nicht gram. Ich habe viele fröhliche Stunden in der Küche verbracht, während sie schlief, bildete sie sich doch wahrhaftig ein, ein Offizier betrete keine Speisekammer.

Kurt gibt Alice Feuer.

E Du rauchst?

A Seit jeher.

E Auf den Oberst.

Edgar trinkt.

A Du hast dich gut erholt.

E Ich bin selber überrascht. Setzt euch.

Alice und Kurt rühren sich nicht.

E Etwas vom Hähnchen, meine Gute?

A Danke.

E Kaltes Roastbeef, mein Bester?
K Nein.
E Wo seid ihr so lange geblieben?
A Wir besichtigten die Festung.
K Ungemein interessant.

Kurt lehnt sich gegen das Buffet.

E Ein Meisterwerk der Verteidigungskunst. Es stört euch doch nicht, wenn ich in diesen Köstlichkeiten schwelge.
K Durchaus nicht.
E Ein jeder schwelgt auf seine Weise. Auf den Oberst!

Edgar trinkt.

A Hat er telegrafiert?
E Du erwartest ein Telegramm?
A Ich habe ihm telegrafiert, du hättest fünfundzwanzigtausend Kronen unterschlagen.
E Wie bist du dahintergekommen?
A Kinderleicht.
E Nett, mich ins Gefängnis zu bringen.
A Deine Angelegenheit.
E Unsere Angelegenheit.
A Ich habe nicht fünfundzwanzigtausend Kronen auf der Bank.
E Ich auch nicht. Die hat sich der Oberst auf die Seite geschafft. Nicht daß er unterschlagen hätte, wer sich so ums Vaterland verdient gemacht hat wie der Oberst, dem können nicht alle Kassen stimmen, das wäre übermenschlich; ich wollte ihn längst auf den

Fehlbetrag aufmerksam machen, mit deinem Telegramm hast du ihn daran erinnert. Wird ihm mächtig in die Knochen gefahren sein.

A Du hast mich angelogen.

E Tja. Der gute Oberst. Eine Untersuchung gegen mich würde eine Untersuchung gegen ihn nach sich ziehen, und da eine solche Untersuchung politisch nicht zu rechtfertigen ist, wird ihm nichts anderes übrigbleiben, als sich mir erkenntlich zu zeigen.

Der Telegraf tickt.

E Der Telegraf tickt schon. Hörst du? Ich bin zum Major befördert worden.

K Du hast es endlich geschafft.

Edgar faltet die Serviette zusammen.

E Zu spät. Mein lieber Kurt, meine liebe Alice, mein Gesundheitszustand ist bedenklich.

A Ich denke, du bist wieder kerngesund und lebst noch zwanzig Jahre.

E Der Professor in der Stadt ist anderer Ansicht. Ich lebe nur noch wenige Monate.

A Ach.

E Ich stehe vor der Ewigkeit.

A Unsere Scheidung?

E Welche Scheidung?

A Du hast sie in der Stadt eingereicht.

E Unsinn.

A Du hast es feierlich verkündet.

E Tatsächlich? Ich muß einen Scherz gemacht haben. Denk doch nur an unsere Kinder.

A Rede nicht von unseren Kindern.

E Warum soll ich nicht von unseren Kindern reden? Ich hatte eine ernste Unterredung mit Judith in der Stadt, sie gestand mir ihre heimliche Verlobung mit Pastor Nielsens Enkel, sie wird eine prächtige Pfarrfrau abgeben, und unser Junge hat das Examen bestanden, Gott sei Dank, nicht glanzvoll, aber er hat es bestanden. Trag das Essen hinaus.

A Nein.

E Freust du dich nicht über unsere prächtigen Kinder?

A Du bist gemein.

E Tja. Ich muß dir wohl eine Geschichte aufgetischt haben, und du bist so gemein gewesen, mir zu glauben.

A Kurt, wir gehen.

E Ihr bleibt.

Alice erhebt sich.

A Stirb oder leb weiter, es ist mir gleichgültig. Kurt liebt mich. Ich habe in deinem Gefängnis nichts mehr zu suchen.

E Ein Geständnis, Alice: Meine Ohnmacht vorhin war gespielt.

A Du hast uns eine Falle gestellt?

E Ihr seid in die Falle gegangen.

Alice küßt Edgar auf die Stirne.

A Deine Idee war großartig. Es war herrlich, sich mit Kurt in unserem Ehebett an dir zu rächen.

E Trag jetzt das Essen bitte hinaus.
A Aber ja.

Alice trägt das Essen zur Requisitenbank links.

K Die Geschichte mit meiner Frau ist natürlich auch erfunden.
E Du mußt nicht immer wörtlich nehmen, was ich manchmal so sage: Für einen Sterbenden ist bloß die Unendlichkeit wichtig.
K Du schwindelst ganz gut.
E Wie ein Krimineller?
K Wie ein kleiner Krimineller.
E Das mußt du ja wissen.
K Was willst du damit sagen?
E Bewunderst du mich immer noch?
K Ich staune nur noch.
E Findest du mich immer noch köstlich?
K Ich finde dich lächerlich.
E Das Lachen wird dir vergehen.
K Was führst du im Schilde?
E Neugierig?
K Ich sehe mich vor.
E Da tust du gut daran.

Alice kommt zurück.

A Nun? Können wir jetzt gehen?
E Bitte. Doch bevor du gehst, willst du nicht wenigstens wissen, wer der Mann eigentlich ist, mit dem du davonläufst?
K Schön. Setzen wir uns.

Alice und Kurt setzen sich zu Edgar an den Tisch.

E Spielen wir Karten.
K Spielen wir Karten.

Alice teilt die Karten aus.
Kartenspielszene 2.
Edgar preßt sich die Hand aufs Herz.

E Verdammt.
K Willst du uns eine neue Krise vorspielen?
E Ihr nehmt wohl meine Krankheit nicht mehr ernst.
A Stirb mal, dann nehmen wir dich ernst.
E Ich ersticke.
K Man muß nicht immer wörtlich nehmen, was du manchmal so sagst.
E Es geht vorüber.
K Laß dir Zeit.
E Es ist vorüber. Pik ist Trumpf.

Sie spielen Karten.

E Mein lieber Kurt, ich glaube nicht, daß du in Amerika und Australien Goldsucher gewesen bist.
K Ach.
E Und auch nicht Kellner.
K Was glaubst du denn?
E Du bist ein kleiner Bankangestellter geblieben.

Sie spielen Karten.

K Und mein Vermögen?

E Es beträgt fünfzigtausend Dollar.
K Du bist informiert.
E Ich ließ den Oberst nachforschen.
K Der Oberst wird immer interessanter.
E Einer unserer Landsleute unterschlug in einer Bank in New York fünfzigtausend Dollar.
K Ich kenne den Fall.
E Der Mann bist du.

Sie spielen Karten.

K Der Kerl heißt Eriksen.
E Diesen Namen hast du in Amerika angenommen.
K Bist du sicher?
E Verlaß dich auf meine Kombinationsgabe.
K Mit der habe ich nicht gerechnet.
E Du hast mit vielem nicht gerechnet.
K Will mich der Oberst verhaften lassen?
E Er weiß nicht, daß du der Gesuchte bist.
K Willst du mich verhaften lassen?
E Ich will die fünfzigtausend Dollar.
K Zweiundzwanzig.
A Sechzehn.
E Achtundsechzig.
K Du willst mich ausnehmen?
E Du bist hier der kleine Kriminelle.
K Teilen wir.
E Nein.
K Vierzigtausend.
E Fünfzigtausend.
K Zweitausend brauche ich, um wieder nach Amerika verduften zu können.

E Laß dich anheuern. Körperliche Arbeit tut dir nur gut.

K Du stirbst bald.

E Meine Angelegenheit.

K Du bist hartherzig angesichts der Unendlichkeit. Kreuz ist Trumpf.

E Gott begreift mich.

K Informiere den Oberst.

E Ich informiere den Staatsanwalt. Informiere ich den Oberst, macht er das große Geschäft.

K Der Mann muß ein Genie sein.

E Das Genie bin ich.

K Wie bist du hinter meine – Unterschlagung gekommen?

E Man wird nicht auf dieser Insel Quarantänemeister, wenn man reich ist, es sei denn, man will sich hier in Sicherheit bringen.

K Scharfsinnig.

E Auch wunderte ich mich, daß du es mit deinen bescheidenen Gaben zu Reichtum gebracht haben sollst, während ich mit meinen gründlichen Kenntnissen der Ballistik am Hungertuche nage.

K Da übertreibst du etwas, nach deinem guten Essen.

E Diesmal mache ich das große Geschäft. Siebzehn.

K Ich kapituliere.

Kurt hat keine Karten mehr.

E Wo befindet sich das Geld?

K Auf einer Bank in Stockholm. Unter meinem richtigen Namen.

E Du stellst mir einen Scheck aus.

K Bitte.

Kurt stellt einen Scheck aus.

K Fünfzigtausend Dollar.

Kurt gibt Edgar den Scheck.

E Danke. Alice, jetzt weißt du, wem du dich hingeschmissen hast.

Edgar steckt den Scheck in die Brusttasche seiner Uniform.
Alice hat ihre Karten zusammengezählt.

A Achtundachtzig.

—

K Was du mit mir treibst, ist eine ziemliche Schweinerei, alter Junge.

E Du hast eine glückliche Ehe zerstört.

K Hör mal –

E Eine glückliche Ehe. Wir waren glücklich zusammen, Alice und ich, bevor du gekommen bist. Wir lebten zusammen, spielten Karten, schwatzten was, sie spielte Solveigs Lied, und ich tanzte den Einzug der Bojaren.

K Du wolltest sie ermorden.

E Und? Ich wollte sie öfters ermorden. Eine jede Ehe züchtet Mordgedanken. So. Ich muß die Posten inspizieren.

Edgar erhebt sich, geht zum Kleiderständer, setzt die Mütze auf, nimmt den Säbel.

E Es gibt im Leben nur eine Kunst, die zählt: Eliminieren. Durchstreichen und weitergehen.

Edgar schwankt.

E Dann kommt der Augenblick, wo man nicht mehr durchstreichen und weitergehen kann, wo es nichts gibt als die Wirklichkeit – die Wirklichkeit ist entsetzlich.

Edgar faßt sich wieder.

E Euch kann ich noch durchstreichen.

Edgar zieht den Säbel.

E Hinaus mit euch, ihr Ehebrecher! Ihr seid durchgestrichen, ihr existiert nicht mehr für mich!

Edgar geht mit dem Säbel auf Alice und Kurt los.
Kurt nimmt den Stuhl hoch, sich zu verteidigen.
Edgar taumelt, fällt aufs Liegebett.
Alice beginnt ruhig ein Kartenhaus auf dem Tisch zu bauen.
Kurt setzt sich wieder.
Edgar röchelt.

E Holt einen Arzt.
A Spiel nicht wieder Theater.
E Holt den hiesigen Arzt.
A Darauf fallen wir nicht mehr herein.
E Schnell. Schnell.

A Ja, ja.
E Ich sterbe.
A So, so.
E Ich sterbe.
A Ai, ai, ai.

Edgar wälzt sich auf dem Rücken.

E So helft mir doch.

Kurt grinst.

K Mach Schluß, alter Junge.
E Hilfe. Bitte.
K Aufstehen, Posten inspizieren.
E Gott. Gott!
K Eliminieren, durchstreichen, weitergehen.
E Ich will leben! Ich will leben!
K Du bist wirklich saukomisch.

Edgar rührt sich nicht mehr.
Kurt geht zu Edgar, betrachtet ihn, nimmt ihm den Scheck aus der Brusttasche, steckt den Scheck ein.

K Alice, ich glaube, wir sollten doch den Arzt holen.

Alice ist immer noch mit ihrem Kartenspiel beschäftigt.

A Ja?

Gong.

Edgar dreht den Lehnstuhl mit dem Rücken gegen das Publikum. Alice stellt den Teller mit Suppe auf den Tisch.

E Achte Runde.
A Unterhaltung vor dem Abendessen.

Edgar setzt sich in den umgekehrten Lehnstuhl.
Alice hat vom Kleiderständer Edgars Mantel geholt und näht ihm auf dem Liegebett die Majorsabzeichen an.
Gong.
Edgar gibt Laute von sich.

A Ja, ja.

Edgar gibt Laute von sich.

A So, so.

Edgar gibt Laute von sich.

A Ai, ai.

Kurt kommt im Mantel und mit Hut.

K Sei gegrüßt, Alice, sei gegrüßt, Edgar.
A Willkommen, Vetter.
—

A Du kommst aus der Stadt?
K Ich komme aus der Stadt.

—

K Wie geht es Edgar?
A Edgar geht es ausgezeichnet.

—

K Edgar, es freut mich, daß es dir ausgezeichnet geht.

Edgar gibt Laute von sich.

A Er kann nicht reden.
K Ach so.
A Er ist gelähmt.
K *schreit* Tut mir leid.
A Er kann noch hören.
K Sehr schön.

Kurt geht zum Klavier, nimmt eine Stickerei zur Hand, die auf dem Klavier liegt.

K Du hast deine Stickerei beendet?
A Edgars Familienwappen.
K Sehr schön.
A Ich schenke es ihm zur silbernen Hochzeit.
K Wird ihn freuen.

Kurt schlägt zweimal das Klavier an, lehnt sich dann links ans Klavier.

K Was tust du jetzt?
A Ich nähe die Majorsabzeichen an seinen Waffenrock.
K Sehr schön.

Edgar gibt Laute von sich.

K Was er wohl meint?
A Der Oberst wisse ihn zu schätzen.
K Du verstehst, was er meint?
A Ich verstehe immer, was er meint.
K Ach so.

A Ist er nicht ungewöhnlich würdig.
K Etwas bleich.
A Er ist trotzdem ungewöhnlich würdig.

Edgar gibt Laute von sich.

K Was meint er jetzt?
A Er lebe noch zwanzig Jahre.
K Er trägt sein Schicksal mit Fassung.
A Geistig ist er noch völlig klar.

Gong.

A Neunte Runde.
K Alice philosophiert.

Alice lehnt sich rechts an den Lehnstuhl.
Kurt setzt sich nachdenklich auf den Stuhl 1.
Philosophieszene 2.
Gong.

A Das Leben ist ein Rätsel.
K Irgendwie.
A Einmal sagte Edgar: Es sieht aus, als ob uns das Leben zum Narren halten möchte.
K Irgendwie auch.
A Ich habe ihn immer geliebt.
K Irgendwie schon.

Gong.

Alice setzt sich auf die linke Lehnstuhllehne (vom Publikum aus gesehen).
Kurt lehnt sich gegen das Buffet.

K Zehnte Runde.
A Krankenpflege

Gong.

A So, mein Liebling. Dein Schleimsüppchen.

Edgar gibt Laute von sich.

K Was meint er nun?
A Nimbs Navarin aux pommes.
K Ach so.
A Ein Löffel für Judithlein.

Alice gibt Edgar Suppe.

K Alice, ich muß nun gehen.
A Du gehst nach Amerika zurück?
K Ich gehe nach Amerika zurück.
A Ein Löffel für Olafchen.

Alice gibt Edgar Suppe.

A Du willst deine Stelle als Quarantänemeister nicht antreten?

K Ein anderer wird Quarantänemeister.

A Ein Löffel für Alicechen.

Edgar gibt Laute von sich.

K Was meint er wohl?

A Er meint, du hast den Scheck von fünfzigtausend Dollar wieder zu dir genommen.

K Sicher.

A Ein Löffelchen für Pastor Nielsen.

Alice gibt Edgar Suppe.

A Gib ihn her.

K Du willst mich auch ausnehmen?

A Ein Löffelchen für den Zeugmeister.

Alice gibt Edgar Suppe.

K Du hast mich geliebt.

A Und?

K Wir haben zusammen geschlafen.

A Und?

K Ich meine nur.

A Ein Löffelchen für den Oberst.

Alice gibt Edgar Suppe.
Edgar gibt Laute von sich.

K Was meint er?

A Er sagt, die Menschen sind Pack.
K Ach so.
A Schön gegessen, brav gegessen, viel gegessen.

Alice stellt die Suppe auf den Tisch.

A Kurt, gib den Scheck her und mach, daß du davonkommst.
K Und wenn ich ihn nicht hergebe?
A Informieren wir den Staatsanwalt.
K Du willst mich verraten?
A Du bist bloß ein kleiner Krimineller.

Gong.

K Elfte Runde.
A Kurt gesteht.

Gong.
Alice und Kurt setzen sich aufs Liegebett.

K Es tut mir leid, Alice. Ich bin kein kleiner Krimineller, ich bin ein großer Geschäftsmann. Ich habe nicht lumpige fünfzigtausend Dollar unterschlagen wie dieser Eriksen, ich habe Millionen verdient. An Geschäftsleute meiner Größenordnung kommt dein Staatsanwalt nicht heran, sei brav, Alice. Ich möchte dich mit meinen Geschäften nicht langweilen. Deine sauberen Ohren brauchen von meinen Transaktionen nichts Näheres zu erfahren.

Kurt fährt Alice übers Haar.

K Nicht weinen.
A Bist du ein bedeutender Mann?
K Man weiß mich in meinen Kreisen zu schätzen.
A In welchen Kreisen?
K In den besten Kreisen.

Edgar gibt Laute von sich.

A Still!

Edgar schweigt.

A Was machtest du in der Stadt?
K Ich sprach mit dem Oberst.
A Macht er das große Geschäft?
K Ich beteilige ihn an einem Nebengeschäft. Ein Quarantänehafen ist für meine Handelsflotte ganz nützlich.

Edgar gibt Laute von sich.

K Was hat er denn?
A Er kommandiert.
K Ach so. Die drei Tage, die ich bei dir und Edgar verbringen durfte, haben mir innerlich geholfen. Ich gestehe, moralische Bedenken hatten mich etwas befallen, ich bin bei euch geistig wieder fit geworden. Ich durfte in eure kleine Welt hineinsehen. In der großen Welt, in der ich lebe, geht es in keiner Weise schlechter zu: Nur die Dimensionen sind anders.

Gong.

Alice stellt sich rechts vom Klavier auf, Kurt links. Hinter dem Lehnstuhl taucht Edgar auf.

E Letzte Runde. Abschied.

Edgar setzt sich wieder.
Gong.

A Kurt, nimm mich mit dir.
K Du gehörst an Edgars Seite.
A Edgar ist ein totaler Mensch gewesen.
K Na ja, das konnte er sich auf dieser Insel noch leisten.
A Kurt, die Welt ist unanständig.
K Leute meines Schlages ruinieren sie wenigstens.

Edgar gibt Laute von sich.

K Was er jetzt wohl meint?
A Ein Schiebkarren voll Mist fürs Gartenbeet.

K Alice, meine Yacht wartet, wir müssen Abschied nehmen. Abschied für immer. Sing mir noch einmal Solveigs Lied. Dann trennen wir uns als Freunde.

Alice setzt sich ans Klavier und singt.

A Der Winter mag scheiden, der Frühling vergehn, der Frühling vergehn, der Sommer mag verwelken, das Jahr verwehn, das Jahr verwehn.

K Adieu, Alice, adieu, Edgar!

Kurt geht nach links aus der Szene.
Edgar gibt Laute von sich.
Alice singt.

A Du kehrst mir zurücke, gewiß, du wirst mein, gewiß, du wirst mein, ich hab es versprochen, ich harre treulich dein, ich harre treulich dein.

Gong.

Porträt eines Planeten

Übungsstück für Schauspieler

Personen

Adam
Kain
Abel
Henoch

Eva
Ada
Zilla
Naema

*Das Stück ist ohne Pause zu spielen.
Es dauert eine Stunde
und fünfunddreißig Minuten.*

Geschrieben 1970
Uraufführung im Schauspielhaus Düsseldorf
am 8. November 1970

Im Hintergrund leuchtet vorerst die Milchstraße auf. Die Spielfläche wird schwach beleuchtet.
Adam tritt von links auf, geht in die Mitte des Hintergrundes der Spielfläche.

ADAM Ich bin der erste Gott.

Kain tritt von links auf, offenbar schwerhörig.

KAIN Wie?
ADAM Ich bin der erste Gott.
KAIN Ach so.

Kain geht nach der Spielflächenmitte rechts.

KAIN Ich bin der zweite Gott.

Abel tritt von links mit einer gewissen Feierlichkeit auf, geht nach der Spielflächenmitte links.

ABEL Ich bin der dritte Gott.

Henoch tritt von links mit einer gewissen Unbekümmertheit auf, geht nach der Spielflächenmitte ganz links.

HENOCH Ich bin der vierte Gott.

Adam gähnt.

KAIN Was?
ADAM Langweilig, diese Unendlichkeit.
ABEL Stinklangweilig.
KAIN Wie?
ABEL *artikuliert* Stinklangweilig.
KAIN Ach so.

Henoch sieht Adam und Abel an.

HENOCH Setzen wir uns?
ABEL Setzen wir uns.

Abel setzt sich, Henoch legt sich auf den Rücken, Adam bleibt stehen, Kain verständnislos ebenfalls.

KAIN Was?
ABEL *artikuliert* Setzen wir uns.
KAIN Ach so.

Kain setzt sich ebenfalls.

ADAM Eine Sonne dort geht hops.
KAIN Wer?

Adam geht Kains Schwerhörigkeit langsam auf die Nerven.

ADAM Eine Sonne dort. Hops!
KAIN Ach so.
ABEL Wann?
ADAM Nächstens.

Henoch dreht sich auf den Bauch, betrachtet die Milchstraße.

HENOCH Sie wird eine Supernova.
KAIN Eine was?
ABEL *artikuliert* Sie bricht auseinander, und ihre Materie fegt in den Raum.

Er freut sich darüber.

KAIN Ach so.
ADAM Wumm!
KAIN Wie?
ADAM Wumm!
KAIN Was?
ADAM Bum.
KAIN Ach so.
HENOCH Eigentlich ist diese Sonne doch stabil.
ABEL Dann wird sie keine Supernova.
HENOCH Sie wird aber eine Supernova.
ABEL Dann ist sie nicht stabil.
HENOCH Ich kenne mich in Sonnen nicht aus.

Er dreht sich auf den Rücken.

ADAM Ich auch nicht.
KAIN Wie?

Adam wird wütend.

ADAM Ich auch nicht.

Kain wird wütend.

KAIN Ach so.
ADAM Ob sie wohl Planeten hat?
KAIN Ob sie was hat?
ADAM Planeten!
KAIN Ach so.
ABEL Keine Ahnung.
KAIN Wie?

Adam artikuliert unhörbar.

KAIN Ach so.
HENOCH Planeten mit Lebewesen.
KAIN Mit was?
ABEL *artikuliert* mit Pflanzen, Tieren, Menschen.
KAIN Ach so.
HENOCH Mit Lebewesen kenne ich mich auch nicht aus.
ABEL Spielt ja auch keine Rolle.
HENOCH Wandern wir weiter?

Abel erhebt sich lächelnd.
Henoch erhebt sich ebenfalls.

KAIN Wie?

Abel, an Kain nach dem Hintergrund rechts vorbeiwandernd, artikuliert.

ABEL Weiterwandern.
KAIN Ach so.

Kain erhebt sich und verschwindet hinter Abel und Henoch rechts im Hintergrund.
Adam sieht noch einmal nach der Milchstraße.

ADAM Hops geht sie ohnehin.

Adam verschwindet hinten rechts. Die schwache Beleuchtung der Spielfläche erlischt.
Nur noch die Milchstraße ist zu sehen.
Die Spielfläche wird grell erleuchtet, die Milchstraße erlischt.
Aus dem Hintergrund betreten links die Frauen, rechts die Männer die Spielfläche und bleiben in einem Halbrund stehen.
Die Frauen tragen eine Art Uniform, halten blaue Mützen in den Händen, Ada trägt einen Stock.
Die Männer tragen Pelze, sie sehen wie Vormenschen aus.

ALLE Wir sind
EVA Eva
ALLE Wir sind
ADA Ada
ALLE Wir sind
ZILLA Zilla
ALLE Wir sind
NAEMA Naema
ALLE Wir sind
ADAM Adam
ALLE Wir sind
KAIN Kain
ALLE Wir sind
ABEL Abel
ALLE Wir sind
HENOCH Henoch.

Die Frauen setzen ihre blauen Mützen auf.

ADA Spazieren!

Die Frauen nach links hinten ab.
Die Männer trotten gebückt im Kreis herum, bis sie bemerken, daß die Frauen verschwunden sind.

ADAM Heiß.
KAIN Alles verdorrt.
HENOCH Die Flüsse versickern.
ABEL Regentanz!

Vom Musiker her Negertrommeln. Die Männer drehen sich stampfend und urweltlich schreiend im engen Kreis. Von rechts hinten tritt Eva mit einem Blechkübel auf, sieht sich den Regentanz an, bis ihn ein harter Paukenschlag beendet. Die vier Männer bemerken Eva erschrokken, setzen ihren trottenden Rundgang fort.
Eva geht verächtlich an ihnen vorbei, setzt den Blechkübel links vorne auf die Spielfläche.

EVA Essen.

Die Männer bleiben stehen, warten bis Eva links hinten verschwunden ist, stürzen sich dann auf den Blechkübel. Die Männer beginnen gierig zu fressen.

HENOCH Wieder Leber?
ABEL Weiß nicht.
ADAM Leber.
KAIN Leber.
HENOCH Ewig Leber.

Sie starren sich an.

ADAM Früher aßen wir Schinken.
KAIN Koteletts.
ABEL Haxen.
HENOCH Speck.
ABEL Früher.

Sie grunzen.

KAIN Wir essen immer schlechter.
ABEL Seit wir die weißen Frauen haben.
HENOCH Wir haben keine andern Frauen.
ADAM Unsere Weiber wurden von den weißen Frauen weggeschickt.
ABEL Mit großen glitzernden Vögeln.
KAIN Wohin?
ADAM Weiß nicht.
HENOCH Ob unsere Weiber wiederkommen?
ADAM Sie kommen nie wieder.
ABEL Nie.
KAIN Essen wir weiter?
ADAM Essen wir weiter.

Sie langen beide in den Blechkübel und beginnen wieder zu essen.
Henoch kehrt ihnen den Rücken zu.

HENOCH Leber. Bei dieser Hitze.

Abel wird es schlecht.

ABEL Ich rühre nichts mehr an.

Eva erscheint im Hintergrund.

EVA Kübel weg. Bank holen. Nachschubkiste holen.

Henoch saust mit dem Blechkübel nach hinten und stellt ihn in die Mitte des Hintergrundes.
Adam und Kain sausen nach der Mitte des Hintergrundes, wo sie verschwinden.
Abel saust nach der rechten Seite des Hintergrundes, wo er verschwindet.
Adam und Kain tauchen mit einer Bank auf, die sie in die Mitte der Spielfläche stellen und sich darauf setzen.
Gleichzeitig taucht Abel mit einer Rotkreuzkiste auf, die er rechts von der Bank stellt, doch näher zum Publikum hin. Er setzt sich auf die Kiste.

EVA Bananen pflücken.

Die vier Urmenschen murren, Adam und Kain sausen nach der Mitte des Hintergrundes ab. Abel ebenfalls, indem er über die Bank springt. Zuletzt will sich auch Henoch davonmachen.

EVA Du bleibst da.

Henoch bleibt stehen.

HENOCH Bitte.

Eva setzt sich auf die Bank.

EVA Setz dich.

Henoch setzt sich auf die Rotkreuzkiste.

HENOCH Bitte.
EVA Aufrechter.

Henoch setzt sich aufrechter.

HENOCH Bitte.
EVA Du schläfst heute mit mir.
HENOCH Bitte.
EVA Jedesmal, wenn du mit mir schlafen mußt, sagst du bitte.
HENOCH Was soll ich denn sonst sagen?
EVA Gerne.
HENOCH Bitte.
EVA Du schläfst nicht gern mit mir?
HENOCH Ich werde nicht gefragt.
EVA Jetzt wirst du gefragt.
HENOCH Und wenn ich nicht mit dir schlafen will?
EVA Du hast mit mir zu schlafen.
HENOCH Eben.

Eva erhebt sich verzweifelt, kommt zu Henoch, geht an ihm vorbei.

EVA So kommen wir nicht weiter.
HENOCH Es ist heiß.
EVA Das ist keine Antwort.
HENOCH Es gibt keine Antwort.

Eva bleibt neben Henoch stehen.

EVA Du schläfst nicht gern mit mir.
HENOCH Ich tue nichts gern.

EVA Leber schmeckt dir auch nicht.
HENOCH Ich möchte Speck.
EVA Gibt es nicht mehr.
HENOCH Schinken.
EVA Es gibt überhaupt keine Neger mehr.
HENOCH Chinesen.
EVA Auch nicht.
HENOCH Dann mag ich nichts mehr essen.
EVA Wir könnten vielleicht noch einige Weiße auftreiben.
HENOCH Schmecken scheußlich.
EVA *lauernd* Tiere?
HENOCH Tiere kann man nicht essen.

Eva kauert vor Henoch nieder.

EVA Ganz früher habt ihr Tiere gegessen.
HENOCH Das war Sünde.

Eva erhebt sich enttäuscht.

EVA Iß Bananen.
HENOCH Bananen sind fade.

Eva setzt sich wieder auf die Bank.

EVA Wir essen Bananen.
HENOCH Ihr!

Aus dem Hintergrund rechts taucht Zilla mit einer Blechschüssel auf.

ZILLA Schläfst du heute mit ihm?
EVA Heute.

Zilla kauert vor Henoch nieder, reicht ihm die Blechschüssel.

ZILLA Iß.
HENOCH Ich habe schon gegessen.
ZILLA Noch einmal.
HENOCH Bitte.
ZILLA Negerlende.
HENOCH Bitte.

Henoch beginnt zu essen.

EVA Er sagt immer bitte.
ZILLA Hauptsache, er pariert.

Henoch ißt.

HENOCH Sonderbar.

Henoch ißt weiter.

HENOCH Es schmeckt.
ZILLA Es ist nicht Negerlende.
HENOCH Inder?
ZILLA Nein.
HENOCH Feuerländer?
ZILLA Auch nicht.
HENOCH Liliputaner?
ZILLA Schweinebraten.

Henoch stellt die Schüssel auf den Boden, starrt entsetzt auf sie nieder, schreit auf.

HENOCH Ich frevle!

Zilla erhebt sich und drückt Henoch sanft auf die Rotkreuzkiste nieder.

ZILLA Setz dich wieder.
HENOCH Bitte.
ZILLA Iß weiter.
HENOCH Bitte.

Henoch ißt weiter, zuerst zögernd, dann immer schneller.

ZILLA Schmeckt's noch?
HENOCH Schmeckt noch.
ZILLA *zu Eva* Siehst du.
HENOCH Woher kommt das Schwein?
ZILLA Von Gott.
EVA Er schenkte unserem Stamm tausend Schweine, tausend Schafe und tausend Kühe.
HENOCH Er sei gelobt.
ZILLA Amen.
HENOCH Darf ich die Schüssel ausschlecken?
ZILLA Bitte.

Henoch erhebt sich, geht schüsselausschleckend an Eva vorbei nach dem Hintergrund rechts.

HENOCH Gehen wir schlafen.
EVA Bitte.

Sie folgt ihm widerwillig.
Gleichzeitig tauchen aus dem Hintergrund links Ada mit einem Stock und Naema auf.

ADA Hat er das Schweinefleisch gegessen?
ZILLA Er hat das Schweinefleisch gegessen.
ADA Na also.
NAEMA Endlich.
ADA Ich muß mich setzen.

Sie setzt sich auf die Bank. Rechts von ihr nimmt Naema und links von ihr Zilla Platz.

ZILLA Morgen essen es alle.
ADA Der Kannibalismus ist ausgerottet.
ZILLA Die Viehzucht eingeführt.
NAEMA Unser wissenschaftliches Lebensziel erreicht.
ADA Wir können die Weiber zurückfliegen.
ZILLA Sind sie auch auf Tiernahrung umgestellt?
ADA Sie essen sogar Bananen.
NAEMA Wir verlassen diese Insel dankbar und stolz.

Aus dem Hintergrund rechts taucht Kain mit Sonnenbrille und brauner Offiziersuniform auf.

KAIN Meine Damen, wir dürfen uns zum Erfolg gratulieren.

Zilla und Naema erheben sich, Ada bleibt sitzen.

NAEMA Der Erfolg war nur durch persönliche Aufopferung möglich, Herr Bevollmächtigter.
KAIN Sicher, sicher.

Er setzt sich rechts von Ada auf die Bank, fordert Naema und Zilla auf, sich zu setzen. Naema setzt sich neben Ada, Zilla auf die Rotkreuzkiste.

ADA Wir mußten uns den Kannibalen hingeben, Herr Bevollmächtigter.

KAIN Sie auch?

ADA Ich auch.

KAIN Kolossal.

ADA Allein auf dem Umweg über die Erotik war diesen Wilden beizukommen.

KAIN Phantastisch.

ADA Sie leben noch im Matriarchat.

KAIN Tierisch.

Von links vorne tritt Abel in einer gleichen Uniform wie Kain auf.

ABEL Tausend Kühe, tausend Schafe, tausend Schweine importiert.

KAIN Na und?

ABEL Heller Wahnsinn.

KAIN Der Kannibalismus ist ausgerottet.

ABEL Auf dem Festland wird gehungert.

KAIN Unser Komitee hat nichts mit dem Hunger zu tun.

ABEL Aber unser Komitee.

KAIN Gegen den Hunger hilft nur eine vernünftige Familienplanung. Setzen Sie die Pille durch, statt uns anzuöden.

ABEL Weil uns jetzt auf dem Festland tausend Kühe, tausend Schweine und tausend Schafe fehlen, verhungern Zehntausende.

KAIN Dafür werden Hunderte nicht gefressen.

ABEL Der Kannibalismus ist keine Weltgefahr.

KAIN Jede Barbarei ist eine Weltgefahr.

ABEL Kommen Sie nicht mit einer abgedroschenen Phrase.

ADA Ich gab mich nicht den Kannibalen hin, um vom Komitee gegen den Hunger beleidigt zu werden.

ABEL Madame, begreifen Sie meine abscheuliche Lage: Ihr importiert Vieh, und mir sterben Kinder.

ADA Der Generalsekretär bewilligte den Transport.

ABEL Ein unfähiger Trottel.

ADA Auf diesem Niveau diskutiere ich nicht weiter.

ZILLA Wir gehen für unseren Generalsekretär durchs Feuer.

NAEMA Er ist immerhin Nobelpreisträger der Literatur.

ABEL Wir brauchen einen Praktiker, keinen Schöngeist. Ohne Koordination ist das Welthilfeprogramm nicht durchzuführen. Während Ihr Komitee harmlose Kannibalen auf Tiernahrung umstellt, frißt ein dreitausendjähriges Kulturvolk vor Hunger Leichen. Wenn ein Komitee den Kannibalismus fördert, so ist es das Komitee gegen den Kannibalismus. Ich muß mich setzen. Atemnot.

Keiner der anderen steht auf.

KAIN Die Insel steht zu Ihrer Verfügung.

ABEL Mein Herz!

Abel bleibt hilflos stehen.

ADA Wir zahlen alle mit unserer Gesundheit.

ABEL Ist diese verfluchte Insel nicht wenigstens fruchtbar?

ZILLA Ein Paradies.

ABEL Dann sollen die Wilden Bananen fressen statt unser Vieh.

ADA Bananen finden sie fade.

ABEL Fade! Bei unserer katastrophalen Lebensmittelversorgung finden sie Bananen fade.

ZILLA Sonst gibt es hier nur noch Würmer und Ratten.

ABEL Die frißt man auf dem Festland längst.

KAIN Mann Gottes! Ohne kulinarischen Anreiz hätte der Kannibalismus unmöglich besiegt werden können.

ABEL Sie haben nichts als Menschenfresserei im Kopf.

KAIN Und Sie nichts als Hungerödeme.

ABEL Ich verlange, diesen Konflikt am Sitz der Welthilfsorganisation zur Sprache zu bringen.

KAIN Bitte.

Alle begeben sich nach links vorne, stellen sich Richtung Rotkreuzkiste auf, die zwei Herren hinter den drei Damen.
Von rechts hinten kommt Adam in einem braunen Gehrock.

ZILLA Der Generalsekretär.

Adam stellt sich auf die Rotkreuzkiste.

ADAM Als Generalsekretär der Welthilfsorganisation heiße ich Sie an deren Sitz in dieser schönen Stadt, an diesem schönen See willkommen und rufe Ihnen zu: Mut!

Beifall. Adam winkt ab.

Von hinten rechts kommt Eva in einer Bluse und mit einer Damentasche. Sie nimmt vor Adam auf der Rotkreuzkiste Platz. Sie öffnet die Tasche und pudert sich.

ADAM Ich stamme aus diesem Alpenlande, meine Damen und Herren. Wie oft stieg ich als Knabe in das Gebirge. Links und rechts schienen unbezwingliche Felsenwände zusammenzuwachsen und jedes Weiterklimmen zu verhindern, bis sich auf einmal der Paß öffnete und die Heimat zu den Füßen des Wanderers lag. So auch jetzt. Noch scheinen Unvernunft und Eigennutz unüberwindlich, aber auch sie werden weichen und den Anblick der befreiten Erde ermöglichen.

EVA Sie fressen wieder.

Adam beachtet Eva nicht.

ADAM Das gibt sich.

ADA Wen?

EVA Matrosen.

ADAM Das gibt sich.

ADA Weshalb?

EVA Ein Öltanker von dreihunderttausend Tonnen explodierte, und die Besatzung rettete sich auf die Insel. Zwoundfünfzig Mann.

KAIN Alle aufgefressen?

EVA Alle.

ADAM Das gibt sich.

ABEL Als Bevollmächtigter des Hilfskomitees gegen den Hunger halte ich die Explosion eines Dreihunderttausend-Tonnen-Öltankers für weitaus fataler.

ADAM Nur Ruhe, nur keine Aufregung, nur keine Sorge. Jeder wahre Fortschritt dauert Jahrhunderte, wenn nicht Jahrtausende. Lesen Sie Bachofen, lesen Sie Freud.

Adam steigt von der Rotkreuzkiste, geht auf die Reihe der anderen zu, schüttelt den Damen die Hand.

ADAM Trotz des kleinen Rückfalls in die Uranfänge menschlicher Kultur möchte ich den Damen des Hilfskomitees gegen den Kannibalismus für ihren persönlichen Einsatz danken. Zur Feier des Tages wird uns das philharmonische Orchester unserer Stadt, bevor wir zum kalten Buffet schreiten, mit den unsterblichen Klängen der Fünften Beethovens erfreuen und jenen Trost spenden, den wir in unserem schweren Amt immer wieder brauchen.

Vom Musiker her kommen verfremdet die ersten fünf Takte der Fünften Symphonie.
Adam klopft Abel auf die Schulter. Abel salutiert. Alle außer Eva und Kain nach rechts hinten ab.
Kain zieht seine Uniformjacke aus und legt sie auf die Bank.
Eva bleibt auf der Rotkreuzkiste sitzen, reicht Kain aus der Handtasche einen elektrischen Rasierapparat, schminkt sich, richtet ihre Haare her usw.
Kain will etwas sagen. Schweigt. Geht mit steifem rechtem Bein nach links vorne. Will wieder etwas sagen, schweigt wieder, beginnt sich zu rasieren.
Die vier Anfangstakte der Fünften sind aufs neue zu hören.

KAIN Er ist wieder durchs Examen gefallen.
EVA Er hatte nur drei Punkte zu wenig.
KAIN Zum zweitenmal.
EVA Er ist ein Spätentwickler.

KAIN Wäre er ein Spätentwickler, schliefe er nicht mit dem Dienstmädchen.
EVA Du schläfst auch mit dem Dienstmädchen.

Die vier Anfangstakte der Fünften.

KAIN Dabei ist er dienstuntauglich.
EVA Du bist bloß neidisch.
KAIN Ich war ein guter Soldat.
EVA Dafür hast du eine Beinprothese.
KAIN Komm mir nicht immer mit meiner Beinprothese.
EVA Komm mir nicht immer mit meinem Sohn.
KAIN Ich bin stolz auf meine Beinprothese.
EVA Ich bin stolz auf meinen Sohn.

Die vier Anfangstakte der Fünften.

KAIN Muß er den ganzen Abend die Fünfte hören?
EVA Er liebt klassische Musik, während du seit deiner Beinprothese ohne Feingefühl bist. Für dich ist Erotik Vergewaltigung.
KAIN Fang mir nicht wieder mit dem Dienstmädchen an.
EVA Ich rede nicht vom Dienstmädchen, ich rede von uns.

Die vier Anfangstakte der Fünften.

KAIN Ich bin ein Mann, und dein Sohn ist ein Scheißkerl.
EVA Warum soll er dann in den Dschungelkrieg, wenn du so von ihm denkst?
KAIN Der Krieg würde einen Kerl aus ihm machen.
EVA Quatsch.

Die vier Anfangstakte der Fünften.

EVA Wozu überhaupt dieser Krieg?
KAIN Die Regierung wird es schon wissen.
EVA Würfen wir einige Atombomben auf diese Wilden, hätten wir Ruhe.
KAIN Würfen wir Atombomben, würfen die andern auch Atombomben.
EVA Die Wilden haben keine Atombomben.
KAIN Ihre Freunde!
EVA Die Scheißkerle seid ihr.

Kain reinigt seinen Rasierapparat.

KAIN Hast du Schulpflege?
EVA Verwundetenfürsorge.
KAIN Aha!
EVA Hast du Verwaltungsrat?
KAIN Veteranenhilfe.
EVA Aha!

Kain geht zu Eva.

KAIN Ich muß gehen.
EVA Dann gehe.

Eva hält Kain die rechte Wange hin.
Die vier Anfangstakte der Fünften.

KAIN Da beginnt er wieder.
EVA Ich denke, du gehst.

Kain geht zur Bank, nimmt die Jacke auf den Arm.

KAIN Spätentwickler müßte man sein.

Kain geht nach rechts hinten ab. Gleichzeitig tauchen von der Mitte des Hintergrundes Zilla und Naema auf, setzen sich auf die Bank.
Beide tragen Schultertücher, Zilla strickt, Naema betrachtet ein Fotoalbum.
Eva stellt die Tasche auf den Boden, beginnt an einer Zuckerstange zu lutschen.
Von links hinten tritt energisch Ada auf mit einem dreibeinigen Jägersitz, setzt sich links vorne.

NAEMA Ich bin siebenundachtzig.
EVA Ich bin achtundachtzig.
ZILLA Ich bin neunundachtzig.
ADA Ich bin neunzig.
NAEMA Ich heiße Naema. Mein Vater war Fabrikarbeiter. Er war arm. Wir waren alle arm. Wir lebten im großen Moos. Vor siebenundfünfzig Jahren heiratete ich einen Bahnarbeiter. Er wurde später Stationsvorstand. Vor zwanzig Jahren ist er gestorben. Ich gebar elf Kinder. Sieben Buben und vier Mädchen. Davon leben noch vier von den Buben und alle Mädchen. Der älteste wurde von dem Schnellzug Bern-Luzern überfahren. Er war vier und spielte auf den Schienen. Der dritte Sohn starb mit vierzig Jahren an Krebs, der vierte fiel im gleichen Jahr von einem Dach, weil er Dachdecker war. Ich glaube, ich habe über zwanzig Enkelkinder. Wie viele Urenkel ich habe, weiß ich nicht, weil mich niemand mehr besucht. Manchmal kam eine Karte von meinem jüngsten Sohn aus Amerika. Aus Detroit. Er arbeitet dort in einer Autofabrik, aber seit zehn Jahren

schreibt er auch nicht mehr. Seit dreizehn Jahren bin ich in diesem Altersheim. Ich sitze am Fenster und betrachte das Familienalbum. Aber ich denke dabei nicht an meinen Mann. Ich denke auch nicht an meine Kinder. Ich denke an nichts.

EVA Ich heiße Eva. Ich habe nie geheiratet. Wozu? Ich hatte immer Männer. Oft mehr als fünf in einer Nacht. Mein Gewerbe nahm ich mit fünfzehn Jahren auf. Ich tat, was man von mir verlangte, und man verlangte alles von mir, was man in meinem Gewerbe verlangt. Ich hatte einen Freund, der mir bei der Polizei eine Konzession verschaffte, so daß ich nie ungesetzlich arbeiten mußte. Die Steuern nahmen fünfzig Prozent von meinem Einkommen, und die Abgaben, die mein Freund von mir verlangte, dreißig Prozent. So blieben mir noch zwanzig Prozent. Aber ich war sparsam und ordentlich. Ich dachte: Evi, du wirst alt, und ich wurde alt. Mit fünfundsechzig hatte ich genug beisammen, um mich in dieses Altersheim einzukaufen. Mein Freund Egon Müller ist vor zehn Jahren in Ascona als Millionär gestorben. Er hatte eben viele, die für ihn arbeiteten. Er war tüchtig und, verglichen mit den andern Männern, die ich kennenlernte, hochanständig. Ich fühlte nie etwas bei meinem Beruf, aber ich bin stolz darauf, ihn ohne Schaden an Leib und Seele durchgestanden zu haben. Tagsüber lese ich im Altersheim Liebesromane, und abends sitze ich vor dem Fernseher. Am liebsten sehe ich Simon Templar, aber auch Bonanza mag ich gern. Wenn ich solchen Männern begegnet wäre, hätte mein Leben einen andern Weg genommen, aber solche Männer gibt es eben nur im Fernsehen.

ZILLA Ich heiße Zilla. Ich war Krankenschwester in einem kleinen Spital neben einem großen Dorf. In der Nähe war eine Forellenzucht. Ich pflegte viele Menschen. Ich sah Geburt und Tod. Einige fürchteten sich, wenn sie sterben mußten, einigen war es gleichgültig, einige wußten nichts davon. Zuerst hatte ich mit den Menschen Mitleid, aber bald nicht mehr, ja ich freute mich nicht einmal, wenn ein Kind geboren wurde: ich sah in ihm Futter für den Tod, nichts weiter. Die Menschen, die ich heilte, schenkten mir Schokolade zum Abschied oder ein Buch mit einer Widmung, dann vergaßen sie mich, und ich vergaß sie. In meiner freien Zeit half ich der Frau meines Bruders. Sie war kränklich und hatte drei Kinder, die mich nicht mochten und die ich nicht mochte. Einmal ging ich nach Grindelwald und einmal nach Florenz in die Ferien, aber es regnete jedesmal. Auch war ich vom David des Michelangelo enttäuscht. Männer sehen anders aus. Einmal hatte ich ein Verhältnis mit einem jungen Assistenzarzt. Wir schliefen zweimal miteinander, dann heiratete er die Tochter des Chefarztes. Als er später wieder mit mir schlafen wollte, mochte ich nicht mehr.

Ada hält in den Armen einen Korb aus Stroh mit einer schwarzen Decke darin.

ADA Ich bin Ada, Gräfin von Zinzen. Ich war mit dem Grafen Kreß von Stuck verlobt, doch der starb in den neunziger Jahren des letzten Jahrhunderts im ehemaligen Deutsch-Ostafrika. Ein Löwe fraß ihn auf. Gott sei Dank. Ich mochte ihn nicht leiden. Ich mag überhaupt Männer nicht leiden und habe nie mit einem

Mann geschlafen. Ich mag nur Katzen. Vielleicht weil ein Löwe meinen Bräutigam erledigte. Und so bin ich dem ganzen Katzengeschlecht dankbar. Der Kater, den ich auf dem Schoß habe, gehört dem Altersheim. Ich nenne ihn Tassilo, obgleich er nur Negerli heißt. Aber mein Vater hieß auch Tassilo. Er ging immer mit einer Reitpeitsche herum. Er verlor nach dem Ersten Weltkrieg drei Viertel seines Vermögens, weil er über zwanzig Millionen Goldmark dem Staate für den Ersten Weltkrieg geliehen hatte. Den Rest besorgte die Inflation. In diesem Altersheim lebe ich schon mehr als vierzig Jahre. Ich gehe jeden Tag in den nahen Wald drei Stunden spazieren. Eine Stunde am Vormittag und zwei Stunden am Nachmittag, und ich brauche noch immer keinen Stock. Ich lese kein Buch, ich hasse Musik, und ich mag kein Fernsehen. Eine von Zinzen braucht das nicht. Am Sonntag gehe ich in die Kirche. Ich schlafe während der Predigt. Alle von Zinzen gingen in die Kirche, und alle von Zinzen schliefen während der Predigt. Mit mir stirbt mein Geschlecht aus. Meine einzige Leidenschaft ist es, hundert zu werden. Alle von Zinzen sind über neunzig geworden, aber kein von Zinzen hundert. Werde ich hundert, übertreffe ich alle andern von Zinzen, und ich will sie übertreffen.

Vom Musiker her Flugzeuggeräusche.
Die vier Frauen schauen auf.

ZILLA Flugzeuge.

Eva, Zilla und Naema nach rechts hinten ab.

Ada geht in die Mitte des Vordergrundes, stellt ihren Korb auf den Boden, bindet sich das schwarze Tuch um die Hüfte, entnimmt dem Korb eine hölzerne Reisschale, die sie vor sich auf den Boden stellt, setzt sich den Korb auf, so daß sie wie eine Asiatin wirkt.
Von links vorne tritt Abel auf.

ADA Hörst du sie?
ABEL Ich höre sie.

Abel wirft den dreibeinigen Jägersitz zu dem Blechkübel im Hintergrund.
Ada zuckt zusammen.

ADA Wo fliegen sie hin?
ABEL Nach der Brücke im Süden.

Abel nimmt die Bank, läßt sie hart neben den Blechkübel fallen.
Ada zuckt zusammen.

ADA Werden sie sie zerstören?
ABEL Es ist nur eine Attrappe.

Abel wirft die Rotkreuzkiste zum Blechkübel und zur Bank.
Ada zuckt zusammen.
Abel setzt sich zu ihr.

ADA Hoffentlich fängt der Busch nicht Feuer.
ABEL Die Regenzeit hätte schon längst einsetzen sollen.

Vom Musiker her ertönt eine asiatische Flöte.

ABEL Er flötet wieder.
ADA Jeden Abend.
ABEL Morgen hören wir ihn nicht mehr.
ADA Vielleicht hören wir ihn nie mehr.
ABEL Haben wir noch etwas Reis?
ADA Der Junge hat noch nicht gegessen.
ABEL Du?
ADA Ich habe keinen Hunger.
ABEL Ich auch nicht.
ADA Wo er morgen sein wird?
ABEL Auf dem Marsch ins Ausbildungslager irgendwo im Dschungel.
ADA Wie lange wird er ausgebildet?
ABEL Eine Woche.
ADA Wann wird er eingesetzt?
ABEL In einer Woche.
ADA Er könnte umkommen.
ABEL Die meisten kommen um.
ADA Vielleicht hat er Glück.
ABEL Die wenigsten haben Glück.
ADA Warum haben wir noch keinen Frieden?
ABEL Weil wir siegen müssen.
ADA Müssen wir siegen?

Abel schlägt Ada ins Gesicht.
Beide schweigen.

ABEL Verzeih, daß ich dich geschlagen habe.
ADA Es tat nicht weh.
ABEL Es gibt Gedanken, die wir nicht denken dürfen.
ADA Ich weiß.

Man hört die Flöte nicht mehr.

ABEL Er flötet nicht mehr.
ADA Er weint.

Ada erhebt sich.

ABEL Gehst du zu ihm?

Ada geht mit der Reisschale nach der Mitte des Hintergrundes und verschwindet.
Abel beginnt Kaugummi zu kauen, schleicht geduckt am Boden herum, späht nach allen Seiten.

ABEL O my darling, o my darling, o my darling Clementine.

Vom Musiker her das Geräusch einer heranheulenden Granate.
Abel springt nach dem Hintergrund rechts, legt sich auf die Rampe.
Hinter der Rotkreuzkiste taucht Kain mit einem Stahlhelm auf.
Rechts neben ihm, nach der rechten Bühnenseite zu, Henoch, Adam, Abel ebenfalls im Stahlhelm.

HENOCH Himmel, Arsch und Zwetschgenwasser!
KAIN Ich ficke meine Großmutter, kommen wir heil davon.
ABEL O my darling, o my darling, o my darling Clementine.
ADAM Vater unser im Himmel.
KAIN Maul halten!

Vom Musiker her Maschinengewehrfeuer.

Die vier ducken sich.

HENOCH Die Scheißsonne bringt uns noch die Helme zum Schmelzen.

KAIN Die könnte zur Abwechslung auch mal explodieren.

Vom Musiker her Maschinengewehrfeuer.
Die vier ducken sich.

KAIN Der letzte Furz ist der beste.

ADAM Geheiligt werde Dein Name.

HENOCH Nicht beten!

ABEL O my darling, o my darling, o my darling Clementine.

ADAM Dein Reich komme.

HENOCH Die Munitionskisten müssen nach vorn.

Vom Musiker her Maschinengewehrfeuer.
Die vier ducken sich.

KAIN Los.

Die vier stürzen mit Munitionskisten über die Bühne und ins Maschinengewehrfeuer.

HENOCH Hinschmeißen!

Die vier schmeißen sich hin.

KAIN Hurensöhne, Pissesäufer, Kotfresser.

ABEL O my darling, o my darling, o my darling Clementine.

Adam schreit auf.

ADAM Mein Bauch, mein Bauch!
KAIN Abkratzen ist besser als verrecken.
HENOCH Ins Loch zurück!

Kain, Abel, Henoch stürzen in den Hintergrund rechts zurück.

ADAM Mein Bauch, mein Bauch!

Adam bleibt in der Mitte des Vordergrundes liegen.

ADAM Mein Bauch!

Von links hinten kommen die vier Frauen mit Trockenhauben auf dem Kopf, in den Händen Modejournale. Sie stellen die Munitionskisten auf, die liegengeblieben sind, Naema links außen die Kains, Eva die Adams, der immer noch auf dem Boden liegt. In der Mitte der Spielfläche setzt sich Ada auf die Munitionskiste Henochs und rechts außen Zilla auf jene Abels.
Naema weint unter der Trockenhaube.

EVA Nicht weinen.
ZILLA Wann ist er gefallen?
NAEMA Letzten Freitag.
ZILLA Meiner vor drei Wochen.
EVA Meiner vor einem Jahr.
ADA Meiner vor zwei Jahren.
EVA Schon?

Naema schluchzt.
Die drei anderen blättern in den Modejournalen.

ADA Wann fliegen sie den Sarg herüber?
NAEMA Er bleibt dort.
ADA Glückspilz. Dann wirst du hinübergeflogen.

Naema schluchzt.

ZILLA Vor zwei Wochen wurde ich hinübergeflogen. Eine schöne Reise.

Naema schluchzt.

EVA Ich mußte meinen hier beerdigen.
ADA Ich auch.
EVA Das Vaterland benahm sich lumpig.

Naema schluchzt.

ADA Du hast inzwischen den Grundstücksmakler geheiratet.
EVA Du schläfst mit deinem Textilfabrikanten.
ADA Mit dem schlief ich schon immer.

Naema schluchzt.

EVA Die Kleine wird es auch vergessen.
NAEMA Nie!

Naema hält ein Modejournal mit dem Kopf eines Mannequins vors Gesicht.

ADA Na, na!

Naema schluchzt.

ZILLA Wie lange warst du mit ihm verheiratet?
NAEMA Vier Monate.

Naema schluchzt.

ADA Schwanger?
NAEMA Ja.

Naema schluchzt.

EVA Pech!
ZILLA Das Leben geht weiter.

Zilla zeigt eine Seite ihres Modejournals.

ZILLA Wie findet ihr dieses Hosenkleid?
ADA Chic.
ZILLA Ich habe es gekauft.
ADA Dann hast du schon mit dem Holzhändler angebändelt.
ZILLA Du hast eine schmutzige Phantasie.
ADA Du bist schwach bei Kasse.

Naema schluchzt.

EVA Nicht weinen.
ADA Wann ist er gefallen?

Naema weinend nach dem Hintergrund links ab.

ZILLA Das hat sie doch schon gesagt.
EVA Letzten Freitag.

ZILLA Dabei machten die Waffenstillstandsverhandlungen endlich Fortschritte.
ADA Sie haben sich über die Sitzordnung geeinigt.
EVA Fast.
ADA Die erste Macht schlägt einen viereckigen Tisch vor.
EVA Die zweite Macht schlägt einen runden Tisch vor.
ZILLA Die dritte Macht schlägt einen dreieckigen Tisch vor.
ADA Die vierte Macht schlägt einen hufeisenförmigen Tisch vor.

Die drei erheben sich, werfen die Modejournale auf den Boden.

ZILLA Ich freue mich, heute abend mein Hosenkleid anzuziehen.
ADA Ich muß zu meinem ewigen Textilfabrikanten.
EVA Ich lasse mich von meinem Grundstücksmakler scheiden.

Die drei Frauen gehen mit ihren Trockenhauben nach hinten links ab, während gleichzeitig Kain und Abel hinten rechts auftauchen.
Adam bleibt als Leiche in der Mitte des Vordergrundes liegen.
Abel scheint unbeschwert, Kain trocken und finster, manchmal verzieht sich sein Mund zu einem humorlosen Lächeln.

KAIN *bietet Abel eine Zigarre an* Havanna?
ABEL Bitte.

Abel bietet Kain Feuer an.

ABEL Feuer?
KAIN Danke.

Sie rauchen.

KAIN Beinahe wären wir uns heute über die Sitzordnung einig geworden.
ABEL Der Schreck sitzt mir noch in den Gliedern.
KAIN Ein überhastetes Vorgehen stellt alles in Frage.
ABEL Der Dschungelkrieg darf nur allmählich abgebaut werden.
KAIN Diplomatie braucht Zeit.
ABEL Der Friede ist keine Sturzgeburt.
KAIN Der Dschungelkrieg ist politisch notwendig.

Sie bleiben bei der Leiche Adams stehen.
Abel stellt seinen linken Fuß auf sie.

ABEL Deshalb schicken wir Soldaten.
KAIN Deshalb schicken wir Waffen.
ABEL Wir sind politisch durch unsere Wirtschaft in einer Zwangslage.
KAIN Wir sind wirtschaftlich durch unsere Politik in einer Zwangslage.
ABEL Macht ist paradox.
KAIN Nur noch ein partieller Friede ist möglich.

Sie schreiten über die Leiche Adams.

ABEL Wir führen mit dem Dschungelkrieg einen indirekten Krieg gegeneinander, weil wir uns einen direkten Krieg nicht mehr leisten können.

KAIN Einen allgemeinen Krieg kann sich niemand mehr leisten.

ABEL Der Dschungelkrieg ist die Form unserer friedlichen Verständigung.

KAIN Weltgeschichte ist tragisch.

ABEL Eine Weltmacht kann sich eine militärische Niederlage nur dann erlauben, wenn sie wie ein politischer Sieg aussieht.

KAIN Wer handelt, trägt ein Risiko.

ABEL Unser Präsident wird die Truppen nach und nach zurückziehen.

KAIN Wir ziehen uns wieder ins Palais zurück.

ABEL Wir verhandeln weiter.

Kain und Abel verschwinden im Hintergrund rechts.
Zwei Schüsse fallen.
Adam erhebt sich, läßt Helm und Patronengürtel liegen, tastet sich mit ausgestreckten Händen gegen die Mitte des Hintergrundes.
Von links tritt Naema auf, tastet sich mit ausgestreckten Händen gegen die Mitte der Bühne.
Naema stößt mit dem Fuß gegen eine Munitionskiste.
Adam horcht. Adam tastet sich weiter nach hinten, stößt mit dem Fuß gegen die Bank.
Naema horcht, tastet sich weiter gegen die Mitte der Bühne, stößt mit dem Fuß gegen eine zweite Munitionskiste.

ADAM Naema.

NAEMA Adam.

Adam tastet sich gegen die Mitte der hellerleuchteten Bühne vor.

Beide spielen Dunkelheit.

ADAM Ich sehe dich nicht.
NAEMA Hier.

Adam tastet an ihr vorbei.

ADAM Ich sehe dich immer noch nicht.
NAEMA Hier.

Ihre ausgestreckten Hände finden sich endlich. Adam zieht Naema zu sich.

ADAM Es ist so finster, daß wir uns nicht einmal sehen, wenn wir beieinander sind.
NAEMA Eben fielen zwei Schüsse.
ADAM Vom Plaza her.

Sie lassen sich zwischen den Munitionskisten Kains, Henochs und Adams nieder.

NAEMA Ich hielt es nicht länger ohne dich aus.
ADAM Ich sehnte mich nach dir.
NAEMA Küß mich.

Adam küßt Naema.
Naema schreckt auf.

NAEMA War da nicht jemand?

Adam horcht.

ADAM Niemand.
NAEMA Auf dem Rasen?
ADAM Niemand.
NAEMA Sieht uns jemand, sind wir verloren.
ADAM Es sieht uns niemand in dieser Finsternis. – Liebst du mich trotzdem?
NAEMA Gerade deswegen.
ADAM Ein Schwarzer muß für dich häßlich sein.
NAEMA Ich liebe deine dunkle Haut.
ADAM Ich liebe deine weiße Haut.

Sie küssen sich.

NAEMA Ich muß für dich häßlich sein.
ADAM Es gibt nichts Schöneres als ein weißes Mädchen, und du bist das schönste aller weißen Mädchen.
NAEMA Ich liebe dich.

Adam schreckt auf.

ADAM War da nicht jemand?

Naema horcht.

NAEMA Niemand.
ADAM Auf dem Rasen?
NAEMA Niemand.
ADAM Sieht uns jemand, sind wir verloren.
NAEMA Es sieht uns niemand in dieser Finsternis.

Naema wird mißtrauisch.

NAEMA Hast du jemandem erzählt, daß wir – daß wir miteinander geschlafen haben?

ADAM Nur meinem Bruder.

NAEMA Wird er niemandem –

ADAM Er wird mich nicht verraten.

Adam wird mißtrauisch.

ADAM Und du – hast du es jemandem erzählt?

NAEMA Nur meiner Schwester.

ADAM Wird sie es auch niemandem –

NAEMA Nein.

ADAM Küß mich.

NAEMA Nimm mich.

Sie wollen sich lieben.
Aus dem Hintergrund rechts tauchen Abel und Eva auf, tasten sich nach vorne, Abel mit einem Revolver.
Abel stößt an den Blechkübel.
Adam und Naema schrecken auf, umklammern sich aneinandergekauert.
Abel und Eva haben sich in der Mitte der Bühne in die Nähe der beiden herangetastet.

ABEL Bist du sicher, daß deine Schwester und ihr Nigger hier sind?

EVA Sicher.

ABEL Wenn wir nur etwas sähen in dieser Finsternis.

EVA Schieß einfach in die Büsche.

ABEL Verrückt? Beim Plaza wurden eben zwei Gangster erschossen.

EVA Die Polizei sucht die Mörder doch nicht hier.

ABEL Wenn ich schieße, sucht die Polizei die Mörder hier.

Von rechts vorne tasten sich Kain und Zilla über die Spielfläche.
Abel und Eva tasten sich an ihnen vorbei nach rechts vorne hinaus, ohne sie zufällig zu berühren.

ZILLA Bist du sicher, daß dein Bruder mit seiner Weißen hier ist?
KAIN Sicher.

Kain und Zilla tasten sich unmittelbar hinter Adam und Naema.

KAIN Wenn wir nur etwas sähen in dieser Finsternis.
ZILLA Hast du dein Messer bei dir?

Kain klappt sein Messer auf.

ZILLA Stoß einfach zu.

Kain stößt mit seinem Messer neben Adams Kopf ins Leere.

KAIN Ich sehe nichts.
ZILLA Hast du keine Taschenlampe?
KAIN Doch.
ZILLA Zünde sie an.
KAIN Verrückt? Beim Plaza wurden eben zwei Gangster erschossen.

Kain stößt sein Messer neben Naemas Kopf ins Leere.

ZILLA Die Polizei sucht die Mörder doch nicht hier.

KAIN Wenn ich Licht mache, sucht die Polizei die Mörder hier.

Kain stößt wieder mit dem Messer neben Adam ins Leere.

KAIN Die finden wir nicht.

ZILLA Es ist zu dunkel.

KAIN Was tun wir?

ZILLA Wir gehen zum Südausgang des Parks. Die Weiße muß dort hinaus.

Kain und Zilla schleichen sich an Adam und Naema nach links vorne hinaus.
Von rechts vorne tasten sich wieder Abel und Eva auf die Spielfläche.

ABEL Die finden wir nicht.

EVA Es ist zu dunkel.

ABEL Was tun wir?

EVA Wir gehen zum Nordausgang des Parks, der Nigger muß dort hinaus.

Abel und Eva verschwinden rechts im Hintergrund.
Adam und Naema lösen ihre Umklammerung.

NAEMA Meine Schwester ist mit ihrem Freund fortgegangen.

ADAM Mein Bruder mit seiner Freundin auch.

NAEMA Wir können in dieser Stadt nicht zusammen leben.

ADAM Nein.

NAEMA Wir können nirgendwo in diesem Land zusammen leben.

ADAM Nein.

NAEMA Wir müssen uns trennen.

ADAM Ja.

NAEMA Für immer.

ADAM Ja.

NAEMA Dabei liebe ich dich doch so.

ADAM Ich möchte, die Welt ginge unter.

NAEMA Ich möchte, daß du mich noch einmal nimmst.

ADAM Ich auch.

NAEMA Aber ich fürchte mich zu sehr.

ADAM Ich auch.

Die beiden erheben sich.

NAEMA Wir sind zum letztenmal beisammen und können uns dabei nicht einmal sehen.

ADAM Die Finsternis ist zu groß.

NAEMA Ich gehe durch den Westausgang.

ADAM Ich gehe durch den Ostausgang.

Naema geht nach dem Hintergrund links.
Adam geht nach dem Vordergrund rechts.
Beide bleiben noch einmal stehen, schauen nach verschiedenen Richtungen.
Beide ab.
Aus der Mitte des Hintergrundes tauchen Abel und Henoch auf. Abels linke Hand ist mit Handschellen an Henochs rechte gefesselt.
Sie setzen sich Rücken an Rücken auf die Bank.

HENOCH Saublöd.

ABEL Wir hatten den Auftrag, den Sonderbotschafter unserer Freunde zu erschießen.

HENOCH Weiß.

ABEL Damit unsere Freunde glauben, ihr Sonderbotschafter sei von unseren Feinden erschossen worden.

HENOCH Weiß.

ABEL Damit uns unsere Freunde nicht nur Waffen, sondern auch Soldaten schicken.

HENOCH Weiß.

ABEL Damit wir im Dschungel nicht verbluten.

HENOCH Weiß.

ABEL Dazu wäre es absolut notwendig gewesen, nach der Tat unerkannt zu verschwinden.

HENOCH Absolut.

Abel beginnt zu lachen.

ABEL Und nun haben wir nicht nur den Sonderbotschafter unserer Freunde, sondern auch den unserer Feinde erschossen.

HENOCH Beide.

Abel lacht.

ABEL Eine gigantische Stümperei.

HENOCH Du hast mir eingeschärft, der Sonderbotschafter unserer Freunde, den wir abschießen sollten, sei der links.

Abel lacht.

ABEL Von ihnen aus gesehen.

Henoch beginnt zu lachen.

HENOCH Ich dachte, von uns aus gesehen.

Nun lachen beide.

ABEL Saublöd.
HENOCH Dazu sind wir noch gefangengenommen worden.

Gelächter.

ABEL Idiotisch.
HENOCH Wir verloren einfach die Nerven, als wir sahen, daß wir beide getroffen hatten.

Ihr Lachen verstummt.

ABEL Ich hänge mich auf.
HENOCH Womit?
ABEL Weiß nicht.
HENOCH Und hinter unsere Auftraggeber sind sie auch gekommen.
ABEL Und nun?
HENOCH Ich weiß nicht.
ABEL Aus politischen Gründen wird man uns in diesem Lande nicht einmal hinrichten.
HENOCH Saublöd.
ABEL Wir sind nicht einmal Helden.
HENOCH Man wird uns ins Irrenhaus sperren.
ABEL Für immer.
HENOCH Alles bleibt beim alten.

Abel beginnt aufs neue zu lachen.

ABEL Sie schicken weiter Waffen statt Soldaten.

Henoch beginnt aufs neue zu lachen.

HENOCH Monatelang hat man uns ausgebildet, und nun landen wir in der Klapsmühle.

Sie lachen beide.

ABEL Saublöd.
HENOCH Idiotisch.
ABEL Die Klapsmühle haben wir uns wirklich verdient.

Beide bleiben auf der Bank sitzen. Adam, Kain, Eva, Ada, Zilla, Naema treten auf.
Die schwierigste Szene des Stücks beginnt: Die Rauschgiftszene.
Vom Musiker her leise rhythmische Musik.
Die Szene soll nicht realistisch eine Rauschgiftorgie darstellen, sondern die Wirkung des Rauschgifts als Idee verkörpern.
Jeder hat nur für sich zu spielen, auch wenn er mit einem anderen oder mit anderen die unwahrscheinlichste Gruppe und Gruppen bildet.
Technisch ist es notwendig, daß Eva während der Szene alle Munitionskisten außer jener Abels, die sich vorne rechts befindet, nach hinten zur Bank schafft.
Mit den Gegenständen, die auf der Bühne herumliegen, kann gespielt werden. So etwa mit dem Strickzeug, womit sich Zilla als alte Frau beschäftigte, oder die Munitions-

kiste Abels kann als Trommel verwendet werden usw. Zwei Momente sind regielich herauszuarbeiten: die Steigerung der Preise und die ständig vermehrte Heiterkeit, womit die Schauspieler auf den von jedem variierten Satz reagieren.
Fixen bedeutet Heroin, das injiziert wird, Trip und verreisen LSD, das auf Zucker genommen wird, Schnee Kokain, das geschnupft wird. Diese Handlungen sind nur zu markieren.

ADAM Willst du verreisen?
EVA Hast du einen Trip?
ADAM Für zweieinhalb Scheinchen –
KAIN Gehen wir fixen?
ADA Ich möchte Schnee.
KAIN Für drei Lappen.
EVA Das eineckige Gesicht der zweieckigen Erde frißt das dreieckige Loch des runden Kindes.

ABEL Willst du verreisen?
ZILLA Hast du einen Trip?
ABEL Für drei Scheinchen.
EVA Das zweieckige Gesicht der dreieckigen Erde frißt das runde Loch des eineckigen Kindes.

HENOCH Willst du Schnee?
NAEMA Ich möchte fixen.
HENOCH Für vier Lappen.
ZILLA Das dreieckige Gesicht der runden Erde frißt das eineckige Loch des zweieckigen Kindes.

ADAM Willst du verreisen?

ADA Hast du einen Trip?
ADAM Für dreieinhalb Scheinchen.
EVA, ZILLA Das eineckige Loch des zweieckigen Gesichts frißt die dreieckige Erde des runden Kindes.

KAIN Gehen wir fixen?
ZILLA Ich möchte Schnee.
KAIN Für fünf Lappen.
ADA Das zweieckige Loch des dreieckigen Gesichts frißt die runde Erde des eineckigen Kindes.

ABEL Willst du verreisen?
NAEMA Hast du einen Trip?
ABEL Für vier Scheinchen.
EVA, ZILLA, ADA Das dreieckige Loch des runden Gesichts frißt die eineckige Erde des zweieckigen Kindes.

HENOCH Willst du Schnee?
EVA Ich möchte fixen.
HENOCH Für sechs Lappen.
NAEMA Das eineckige Kind des zweieckigen Gesichts frißt das dreieckige Loch der runden Erde.

ADAM Gehen wir fixen?
ZILLA Ich möchte Schnee.
ADA Für sieben Lappen.
EVA, ZILLA, ADA, NAEMA Das zweieckige Kind des dreieckigen Gesichts frißt das runde Loch der eineckigen Erde.

NAEMA Willst du verreisen?
KAIN Hast du einen Trip?
NAEMA Für viereinhalb Scheinchen.

EVA Das dreieckige Kind
ZILLA des runden Gesichts
ADA frißt das eineckige Loch
NAEMA der zweieckigen Erde.

EVA Willst du Schnee?
ABEL Ich möchte fixen.
EVA Für acht Lappen.
KAIN Das eineckige Gesicht des zweieckigen Lochs frißt das dreieckige Kind der runden Erde.

ADA Willst du verreisen?
HENOCH Hast du einen Trip?
ADA Für fünf Scheinchen.
ABEL Das zweieckige Gesicht des dreieckigen Lochs frißt das runde Kind der eineckigen Erde.

NAEMA Gehen wir fixen?
ADAM Ich möchte Schnee.
NAEMA Für neun Lappen.
KAIN, ABEL, EVA, ZILLA, ADA, NAEMA Das dreieckige Gesicht des runden Lochs frißt das eineckige Kind der zweieckigen Erde.

EVA Willst du verreisen,
ADAM Hast du einen Trip?
EVA Für fünfeinhalb Scheinchen.
HENOCH Das runde Gesicht der eineckigen Erde frißt das zweieckige Loch des dreieckigen Kindes.

ADA Willst du Schnee?
ABEL Ich möchte fixen.

ADA Für zehn Lappen.
KAIN Das runde
ABEL Loch des eineckigen
HENOCH Gesichts
EVA frißt die zweieckige
ZILLA Erde
NAEMA des dreieckigen
ADA Kindes.

ZILLA Willst du verreisen?
HENOCH Hast du einen Trip?
ZILLA Für sechs Scheinchen.

Eva, Zilla, Ada, Naema und Henoch, indem sie nach allen Seiten von der Spielfläche hinunterrutschen und gleiten, und Abel und Kain, die auf dem Boden liegen, schreien gleichzeitig ihren individuellen, unsinnigen Satz.

EVA *gleichzeitig* Das zweieckige Gesicht der dreieckigen Erde frißt das runde Loch des eineckigen Kindes.
ZILLA *gleichzeitig* Das dreieckige Gesicht der runden Erde frißt das eineckige Loch des zweieckigen Kindes.
ADA *gleichzeitig* Das zweieckige Loch des dreieckigen Gesichts frißt die runde Erde des eineckigen Kindes.
NAEMA *gleichzeitig* Das eineckige Kind des zweieckigen Gesichts frißt das dreieckige Loch der runden Erde.
KAIN *gleichzeitig* Das eineckige Gesicht des zweieckigen Lochs frißt das dreieckige Kind der runden Erde.
ABEL *gleichzeitig* Das zweieckige Gesicht des dreieckigen Lochs frißt das runde Kind der eineckigen Erde.
HENOCH *gleichzeitig* Das runde Gesicht der eineckigen Erde frißt das zweieckige Loch des dreieckigen Kindes.

Wenn alle außer Abel und Kain verschwunden sind, erhebt sich Adam.

ADAM Das runde Kind des eineckigen Gesichts frißt das zweieckige Loch der dreieckigen Erde.

Adam bricht lachend zusammen. Er bleibt mit den Füßen zum Publikum bei der Munitionskiste Abels liegen. Links neben der Munitionskiste liegt mit dem Kopf zum Publikum Abel. Rechts, parallel zum Publikum, Kain.
Die drei lachen, dann werden sie still.
Schweigen. Adam hebt den Kopf.

ADAM Ein Hahn kräht.

Adam steht auf, nimmt die Munitionskiste Abels, geht nach hinten rechts, stellt die Munitionskiste rechts hinten einen Meter neben den Gerümpelhaufen, der sich in der Mitte des Hintergrundes aus dem Blechkübel, der Rotkreuzkiste, der Bank und den drei anderen Munitonskisten gebildet hat.
Adam steht auf der Munitonskiste Abels und späht in den Hintergrund.

ADAM Es tagt.
KAIN Bald stellen sie uns an die Mauer.
ADAM Knallen uns ab.

Adam steigt von der Munitionskiste herunter, starrt nach vorne zu den zwei anderen.

KAIN Sie haben mich gefoltert.

ABEL Mich auch.
ADAM Mich nicht.
KAIN Mit glühenden Zigaretten.
ABEL Mit einem Rasiermesser.

Adam geht langsam nach vorne zu den beiden.

KAIN Ich gestand alles, nachdem sie mich gefoltert hatten.
ABEL Ich weiß.
ADAM Ich gestand alles, damit sie mich nicht foltern.
ABEL Ich weiß.

Adam schaut auf Abel hinunter.

ADAM Und du?
ABEL Ich gestand nichts.
KAIN Wir hätten uns über die Hügel zurückziehen sollen.
ABEL Wir haben uns nicht über die Hügel zurückgezogen.

Adam geht wieder nach hinten.

ADAM Die Hügel sind unpassierbar.
ABEL Wir wurden verraten.
KAIN Von unseren Freunden.
ADAM Die verraten alle.

Adam setzt sich auf die Munitionskiste Abels.

KAIN Andere kämpfen weiter.
ABEL Sicher.

ADAM Kein Kampf ist sinnlos.

ABEL Möglich.

KAIN Hätten wir gesiegt, hätten wir die Freiheit eingeführt.

ADAM Die Gerechtigkeit.

ABEL Wir wären wie unsere Freunde geworden.

KAIN Du traust uns nicht?

ABEL Ich traue niemandem.

ADAM Auch dir nicht?

ABEL Auch mir nicht.

Schweigen.

ADAM Ein Wissenschaftler hat mir gesagt, wenn die Erde kleiner wäre, hätte sie keine Atmosphäre, und wenn sie näher an der Sonne läge, würde sie verbrennen.

ABEL Wahrscheinlich.

ADAM Die Erde ist eine Chance.

ABEL Offensichtlich.

KAIN Der Mensch kann denken.

ABEL Manchmal.

KAIN Seine Ideen können nicht erschossen werden.

ABEL Offenbar.

KAIN Die bessere Welt liegt in der Zukunft.

ABEL Vermutlich.

ADAM Du bist pessimistisch.

ABEL Wir werden an die Wand gestellt.

Schweigen.

KAIN Der Tag ist gekommen.

Von hinten rechts kommt Henoch mit Helm und Maschinengewehr.

HENOCH Aufstehen

Abel und Kain erheben sich mit dem Rücken gegen das Publikum. Adam erhebt sich ebenfalls, kommt langsam nach vorne, stellt sich, gegen das Publikum gewendet, zwischen die beiden anderen.

HENOCH Hände hinter den Kopf!

Adam, Kain und Abel gehorchen.

HENOCH Hinausmarschieren.

Adam kehrt sich um, marschiert als erster an Henoch vorbei nach rechts hinten, ihm folgt Kain, zuletzt Abel. Wie die drei verschwunden sind, kehrt sich Henoch um, vom Musiker her kommt eine Maschinengewehrsalve. Henoch verschwindet.
Gleichzeitig tauchen hinter dem Gerümpelhaufen in der Mitte des Hintergrundes Eva, Ada und Naema auf.
Sie bleiben hinter dem Gerümpelhaufen stehen; jede trägt einen Spitzenkragen und hält ein Notenblatt in der Hand.

ADA Franz Schubert ›Der Wanderer an den Mond‹, Opus 80, Nummer 1.

Eva, Ada, Naema singen.

Ich auf der Erd', am Himmel du,
wir wandern beide rüstig zu:
Ich ernst und trüb, du mild und rein,
was mag der Unterschied wohl sein?

Ich wandre fremd von Land zu Land,
so heimatlos, so unbekannt,
bergauf, bergab, waldein, waldaus,
doch bin ich nirgends, ach! zu Haus.

Du aber wanderst auf und ab
aus Westens Wieg' in Ostens Grab,
wallst Länder ein und Länder aus,
und bist doch, wo du bist, zu Haus.

Der Himmel, endlos ausgespannt,
ist dein geliebtes Heimatland:
O glücklich, wer, wohin er geht,
doch auf der Heimat Boden steht!

Nachdem sie gesungen haben, werfen sie die Notenblätter in den Blechkübel.
Adam kommt von links außen und stellt schräg gegen das Publikum drei Kunststoffkuben auf.
Gleichzeitig kommt Abel von rechts außen und stellt schräg gegen das Publikum drei Kunststoffkuben auf. Auf die Kunststoffkuben rechts setzen sich von hinten gegen das Publikum Ada, Eva und Abel.
Auf die Kunststoffkuben links setzen sich von hinten gegen das Publikum Naema, Adam und Henoch.
Abel stellt ein rotes Telefon neben sich auf den Boden.

Alle tragen Kopfhörer und starren vor sich nach unten hin, als ob sich dort Monitore befänden.
Durch einen Lautsprecher von oben hört man lautes Keuchen.

ADAM Nichts mehr zu machen.
ABEL Im Eimer.
HENOCH Schwamm drüber.
NAEMA Arme Schweine.

Links und rechts vom Gerümpelhaufen im Hintergrund tauchen in Mondanzügen Kain und Zilla auf. Ihre Gesichter sind hinter den Mondhelmen unsichtbar, auf dem Rücken tragen sie Sauerstoffbehälter.
Ihre Stimmen sind nur durch den Lautsprecher über der Bühne zu vernehmen.
Sie bewegen sich zeitlupenartig.

KAIN Wir können nicht mehr starten.
ZILLA Was können wir tun?
KAIN Nichts.
ZILLA Sie können uns nicht retten.
KAIN Wir wissen es beide.
ZILLA Wie lange haben wir noch zu leben?
KAIN Keine Ahnung.
ZILLA Haben wir viel Sauerstoff verloren?
KAIN Weiß nicht.

HENOCH Sie haben fast keinen mehr.

KAIN Verbindung mit der Erde?
ZILLA Abgebrochen. Sehen sie uns noch?

KAIN Kaum.
ZILLA Hören sie uns noch?
KAIN Nein.

NAEMA Die würden sich wundern.
ADAM Die machen es nicht mehr lange.

ZILLA Wir sind das erste Liebespaar auf dem Mond. In drei Wochen hätten wir geheiratet.
KAIN Auf der Erde.
ZILLA Texas ist deutlich zu sehen, wo wir geheiratet hätten.

ADA Ein feines Mädchen.
EVA Zum Glück bekam ich die Röteln.
ADA Gratuliere.
EVA Sonst säße ich da oben.

ZILLA Geliebt haben wir uns auch noch nicht.
KAIN Das war uns auf der Raumfahrtschule verboten, als wir uns kennenlernten.
ZILLA Wegen der Keimzellen.
KAIN Du durftest nicht schwanger werden.
ZILLA Wegen der kosmischen Strahlung.
KAIN Und auch Pillen waren verboten.
ZILLA Wegen der kosmischen Strahlung.
KAIN Die verdammte kosmische Strahlung.

NAEMA Gin rüber!

Abel wirft Henoch eine Ginflasche zu, der sie Naema zuwirft.

ZILLA Dafür bin ich die erste Frau auf dem Mond.
KAIN Im Mare Serenitatis.
ZILLA Lieben wir uns.
KAIN Wir sind im Raumanzug.
ZILLA Die Bodentemperatur beträgt 180 Grad Celsius.

EVA Bei uns wird es langsam auch so heiß.

ZILLA Was heißt eigentlich Mare Serenitatis?
KAIN Meer der Heiterkeit.
ZILLA Europa hat auch schönes Wetter.
KAIN Die ganze Erde hat schönes Wetter.

HENOCH Man braucht nicht auf den Mond zu fliegen, um das festzustellen.

ZILLA
»Willst du schon gehn, der Tag ist ja noch fern.
Es war die Nachtigall und nicht die Lerche,
Die eben jetzt dein banges Ohr durchdrang,
Sie singt des Nachts auf dem Granatbaum dort.«

EVA Was zitiert sie denn?
ABEL Shakespeare.
HENOCH Romeo und Julia.
ADA Sie war immer versnobt.

KAIN Zum Teufel! Wenn es hier nur einen Granatbaum gäbe.

NAMEA Er flucht.
ADAM Er war immer ein tapferer Kerl.

ZILLA
»Glaub, Lieber, mir: es war die Nachtigall.«

EVA Wieder Shakespeare.
ABEL Ein Gruß ans Vaterland wäre angebrachter.
ADA Den könnten wir zur Presse rüberschalten.

KAIN Sauerei!

ABEL Eben sagte er »Sauerei«.
NAEMA Herz?
ADAM Läßt nach.

ZILLA Ich kann den ganzen Monolog auswendig.

ADA Das fehlte uns noch.

ZILLA
»Trau mir, das Licht ist nicht des Tages Licht,
Die Sonne hauchte dieses Luftbild aus.«
KAIN Ich kann kaum mehr atmen.
ZILLA Soll ich weiter rezitieren?
KAIN Nein.
ZILLA Kehren wir zum Schrotthaufen unserer Mondfähre zurück.
KAIN Gehen wir sterben.

Zilla und Kain verschwinden in der Mitte des Hintergrundes.

ADAM Sie macht's nur noch Sekunden. Sie zitierte zuviel.

Die Stimme Zillas ist durch den Lautsprecher zu hören: »Dein Fackelträger diese Nacht ...«
Stille.

NAEMA Herz?
ADAM Aus.
EVA Schluß mit Shakespeare.
NAEMA Amen.

Naema trinkt Gin.

ADA Prost.
EVA Ich würde die Landeshymne singen beim Sterben.

Naema grölt die Melodie der amerikanischen Nationalhymne.

ADAM Maul halten!

Durch den Lautsprecher kommen undeutliche Worte.

ADAM Er versucht, seine letzten Worte zu sprechen.
ABEL Undeutliche Worte.
HENOCH Klang unanständig.
ADAM Mehr wie »Hoch die Heimat!«
EVA Zur Presse rüberschalten!
ADA Rübergeschaltet.

Durch den Lautsprecher kommt Stöhnen.

NAEMA Gott, mach, daß er jetzt nicht flucht!

Durch den Lautsprecher kommt die Stimme Kains: »Hei ...«

ABEL Wenn jetzt »Heiliges Arschloch« kommt, wird der Flug zum Mars abgeblasen.

Durch den Lautsprecher kommt die Stimme Kains: »Heimatland.«

ADAM Das hat uns gerettet.
HENOCH Die Presse wird jubeln!
NAEMA Die Nation ist stolz auf die da oben.
ADA Und wie.
ABEL Ein heroischer Tod war das Beste, was uns zustoßen konnte.
EVA Und ob.
ADAM Ruft die Raumbehörde an.

Abel ergreift den Telefonhörer, spricht unhörbar hinein. Durch den Lautsprecher ein letztes Stöhnen.

NAEMA Herz?
ADAM Aus.
EVA Los, beten.

Adam, Abel, Henoch, Eva, Ada, Naema erheben sich. Abel bleibt am Telefon.

ADAM, ABEL, HENOCH, EVA, ADA, NAEMA
»Vater unser im Himmel,
geheiligt werde Dein Name,
Dein Reich komme,

Dein Wille geschehe
wie im Himmel so auf Erden.«

ABEL Kinder, der Flug zum Mars findet statt!

HENOCH Zur Presse rüber.

Abel läßt das rote Telefon auf dem Boden stehen, Naema die Ginflasche. Eva, Ada, Naema, Abel, Henoch gehen nach rechts hinten ab, indem sie die Kopfhörer auf den Gerümpelhaufen werfen.
Adam wirft seinen Kopfhörer ebenfalls auf den Gerümpelhaufen, schaut sich dann auf der Spielfläche um.

ADAM Naema.

Schweigen.

ADAM Naema.

Von links tritt Naema auf, nimmt den dritten Kunststoffkubus links in die Hand.

ADAM Naema.

Naema trägt den Kubus nach dem Hintergrund und stellt ihn auf die Bank.

NAEMA Was willst du hier?

ADAM Ich bin dein Vater.

NAEMA Ich bin nicht blöd.

Sie holt den zweiten Kubus links.

ADAM Was soll das heißen?

NAEMA Ich weiß, daß du mein Vater bist.

Sie stellt den zweiten Kubus auf die Bank.

ADAM Komm sofort zurück!
NAEMA Ich bin nicht blöd.

Sie holt den dritten Kubus links.

ADAM Du bist erst siebzehn.
NAEMA Sechzehneinhalb.

Sie stellt den dritten Kubus vor die Bank.

ADAM Du hast mir zu gehorchen.
NAEMA Ich bin nicht blöd.
ADAM Ich hole die Polizei.

Naema betrachtet Adam, pfeift durch die Finger.
Henoch, Kain und Abel treten von links hinten auf.

KAIN Was ist?
NAEMA Schaut mal den an.
HENOCH Wer ist's?
NAEMA Mein Alter.
ABEL Mensch, ist der ein Spießer.

Henoch legt sich links auf den Boden, Kain setzt sich neben den Gerümpelhaufen, Abel stützt sich auf die zwei Kuben auf der Bank.
Alle drei starren Adam herausfordernd an.

ADAM Naema, um Gottes willen, wer sind diese Burschen?

HENOCH Was klopft denn der für Bibelsprüche?
NAEMA Ein Pfarrer.

Naema legt sich Henoch in den Schoß.

KAIN Ein katholischer oder ein protestantischer?

Gelächter.
Rechts neben Abel taucht Zilla auf. Abel legt den Arm um sie.

ADAM Wer sind diese Menschen?
ZILLA Wir sind die Kommune zwo, zwo, zwo.

Gelächter.

NAEMA Seid mal still.

Man hört ein Kind schreien.

NAEMA Hörst du, Pappi?
ADAM Ein Kind.
NAEMA Mein Kind.
ADAM Mein Gott, Naema.
NAEMA Komm mir nicht immer mit deinem Gott. Er ekelt mich ebenso an wie du.
ADAM Wer ist der Vater?

Henoch, Kain, Abel heben die Hand hoch.

ADAM Was soll das heißen?
NAEMA Bist du eigentlich total verkalkt? Das soll heißen:

Einer der drei ist der Vater meines Kindes, und ich weiß nicht, wer der Vater meines Kindes ist, weil ich mit allen dreien schlafe.

ADAM Naema, du bist meine Tochter.

NAEMA Wer wessen Tochter ist, spielt keine Rolle.

Adam setzt sich auf den mittleren Kubus rechts.

ADAM Ich wage in deiner schrecklichen Welt nicht einmal den Namen Gottes auszusprechen, an den ich glaube.

NAEMA Davon möchte ich dir auch dringend abraten.

ADAM Ich liebe dich, Naema.

ABEL Ich auch.

KAIN Ich auch.

HENOCH Ich auch.

ADAM Du bist mein Kind, Naema. Komm in dein Elternhaus zurück und nimm dein Kind mit.

NAEMA Jungens, ich muß den Kleinen stillen.

Naema erhebt sich.

NAEMA Im übrigen schafft mir den alten Narren vom Hals.

Naema nach links ab.

KAIN Steh auf, Tattergreis.

ADAM Ich bin kein Tattergreis, ich bin vierzig.

ABEL Mit vierzig ist man ein Tattergreis.

ADAM Geben Sie mir Naema frei.

HENOCH Sie ist frei.

ADAM Ich hole die Polizei.

KAIN Wenn die kommt, ist Naema in eine andere Kommune verduftet.

ADAM Ich bin ihr Vater.

ZILLA Hören Sie mal genau zu, Tattergreis: Ihr habt eure Welt und wir unsere. Wir haben es satt, in der Welt zu leben, die ihr gemacht habt, und den Gesetzen zu gehorchen, die ihr erfunden habt, und uns von euren Tabus und eurer Moral frustrieren zu lassen. Ihr werdet von einem Staat bezahlt, der tötet. Wir pfeifen auf diesen Staat. An euren Klamotten klebt unsichtbares Blut. Unsere sind bloß dreckig. Ihr predigt die Liebe, wir leben nach der Liebe; das ist der ganze Unterschied. Zweitausend Jahre habt ihr eure Chance gehabt, und nun haben wir unsere Chance. Kapiert?

Zilla nach links hinten ab.

HENOCH So, und nun lege ich mich zu Naema.

Henoch nach links ab.

KAIN Ich auch.

Kain nach links ab.
Abel schlendert zu Adam hinüber.

ABEL Sausen Sie ab, alte Sandale. Lassen Sie sich nicht mehr blicken. Gehen Sie auf den Friedhof. Üben Sie Liegen.

Adam erhebt sich, stürzt dann nach rechts hinten hinaus.
Abel kauert sich vorne in der Mitte der Bühne nieder.

Abel schreibt mit dem Finger auf den Boden.
Von rechts kommt Ada.
Sie ist gekleidet wie in der ersten Szene mit Abel: ein asiatischer Hut, ein schwarzes Tuch um die Hüften, eine kleine Schale in den Händen.

ADA Was tust du?
ABEL Ich schreibe seinen Namen.

Ada setzt sich zu Abel.

ADA Wann haben sie ihn gebracht?
ABEL Vor einer Stunde.
ADA Kann ich ihn sehen?
ABEL Nein.
ADA Ich möchte ihn sehen.
ABEL Es ist besser, wenn du ihn nicht siehst.
ADA Ich wußte, er würde fallen.
ABEL Ich wußte es auch.
ADA Haben wir gesiegt?
ABEL Nein.
ADA Sind wir besiegt worden?
ABEL Nein.
ADA Werden wir einmal siegen?
ABEL Nein.
ADA Werden wir einmal besiegt werden?
ABEL Nein.
ADA Dann ist doch dieser Krieg sinnlos.

Schweigen.

ADA Du hast mich nicht geschlagen.
ABEL Nein.

Schweigen.
Eine Flöte setzt ein.

ADA Wem schenktest du seine Flöte?
ABEL Dem Sohn des Nachbarn.
ADA Wird er auch eingezogen?
ABEL In drei Wochen.
ADA Er wird auch fallen.
ABEL Auch.

Schweigen.

ABEL Hast du noch Reis?
ADA Nicht mehr.
ABEL Sojamehl?
ADA Eine Handvoll.
ABEL Ich habe keinen Hunger.
ADA Ich auch nicht.
ABEL Essen wir morgen.

Abel kehrt Ada den Rücken zu.

ADA Schafft ihr ihn fort?
ABEL Er ist fortgeschafft.
ADA Darf ich sein Grab besuchen?
ABEL Es gibt kein Grab.
ADA Weshalb?
ABEL Der Boden ist zu hart, um ein Grab zu schaufeln.
ADA Dann fressen ihn die Ameisen.
ABEL Das werden sie nicht.
ADA Habt ihr ihn verbrannt?
ABEL Das Feuer hätte uns verraten.

ADA Was habt ihr mit ihm getan?
ABEL Wir warfen ihn in den Fluß.
ADA Der Fluß ist halb versickert.
ABEL Die Regenzeit ist nicht gekommen.
ADA Er ist voller Krokodile.
ABEL Er ist tot.

Vom Musiker her Flugzeuggeräusch.
Ada sieht auf.

ADA Flugzeuge.

Abel und Ada gehen nach links hinten hinaus.
Gleichzeitig tritt im Hintergrund rechts Adam mit einem Liegestuhl auf, schaut zuerst den Flugzeugen nach, geht dann, während er spricht, mit dem Liegestuhl langsam über die Bühne und sucht sich den geeigneten Platz in der Sonne.

ADAM Ich bin siebenundachtzig. Ich heiße Adam. Ich wollte die Welt verändern. Ich sah ihre Ungerechtigkeit. Ich sah das Elend der Armen und die Habgier der Reichen. Ich erkannte, daß es Ausgebeutete und Ausbeuter gab. Ich trat der Gewerkschaft bei. Ich kämpfte für die Arbeiterklasse. Ich setzte mich für bessere Löhne, für eine kürzere Arbeitszeit, für bezahlte Ferien, für eine gerechte Pensionierung ein. Ich klebte Plakate auf, hielt Reden, organisierte Aufmärsche und Streiks. Ich wurde verhaftet und eingekerkert; dann wurde ich ins Parlament gewählt und kam an die Regierung. Die Welt wurde verändert. Die Arbeiter bekamen bessere Löhne, kürzere Arbeitszeit, bezahlte

Ferien, eine gerechte Pensionierung. Die Steuern für die Reichen wurden erhöht, die Armut verschwand, aber der Mensch wurde nicht glücklicher. Die neue Welt war nicht besser geworden, nicht einmal gerechter. Wenn eine Ungerechtigkeit verschwand, nistete sich eine andere an ihrer Stelle ein. Der Mensch war freier geworden, aber seine Freiheit befreite ihn nicht. Er besaß mehr, als er je besaß, aber vor allem besaß er nun sich. Er stand sich selbst gegenüber und wußte mit sich selbst nichts anzufangen. Und als ich das erkannte, legte ich mein Amt nieder, weil auch ich mit mir nichts anzufangen wußte.

Adam setzt sich in den Liegestuhl vorne links.

ADAM Nun schaue ich auf einen See und beobachte die Schwäne. Ich befinde mich in einer Irrenanstalt. Der Arzt, der mich behandelt, ist der Sohn eines Arbeiters. Ich habe ihm das Studium ermöglicht. Jetzt hat er Mitleid mit mir. Er ist ein Narr.

Von rechts hinten tritt Henoch auf in einem Regenmantel, betrachtet die drei Kuben rechts nachdenklich.

HENOCH Ich bin achtundachtzig. Ich heiße Henoch. Ich bin Atomwissenschaftler und Kosmologe.

Henoch nimmt den ersten der drei Kuben in die Hand, betrachtet ihn nachdenklich.

HENOCH Ich erforschte das Innere des Atoms –

Henoch stellt den ersten Kubus in die Mitte der Bühne,

ergreift den zweiten Kubus, den er ebenfalls nachdenklich betrachtet.

HENOCH Ich untersuchte die Beschaffenheit der Sonne –

Henoch stellt den zweiten Kubus etwa zwanzig Zentimeter rechts neben den ersten, ergreift den dritten Kubus und betrachtet ihn nachdenklich.

HENOCH – und versuchte, die Struktur des Alls zu erfassen.

Henoch stellt den dritten Kubus auf den ersten und zweiten Kubus, betrachtet die drei Kuben nachdenklich. Adam erhebt sich links außen, dreht demonstrativ den Liegestuhl weg, setzt sich wieder, so daß er Henoch den Rücken zukehrt.
Henoch setzt sich auf den zweiten Kubus, stützt sich mit der rechten Hand auf den dritten Kubus.

HENOCH Ich fütterte mit meinen Erkenntnissen die Computer. Die Computer gaben Formeln von sich, die ich gerade noch begriff. Ich forschte weiter. Ich sammelte neue Erkenntnisse. Ich fütterte die Computer wieder, die eine Formel von sich gaben, die nur noch die Computer begriffen, ohne sie zu verstehen. Jetzt starre ich immer wieder auf die Formel, die mir die Computer lieferten, auf die Formel, die das letzte Geheimnis dieser Welt bedeutet, vielleicht Gott, auf die Formel, die einen Sinn hat, den ich nicht verstehe, auf die sinnlose Formel der Welt.

Von links hinten kommt Abel mit einem Klappsitz, bleibt

in der Mitte der Bühne stehen, starrt ins Publikum, wie ein Maler eine Landschaft betrachtet, geht dann in die Mitte des Vordergrunds, setzt sich auf den Klappsitz.

ABEL Ich bin neunundachtzig. Ich heiße Abel. Ich bin Kunstmaler. Ich begann mit Menschen. Ich malte Reiche und Arme, ehrsame Bürger und Schurken, Dichter, Vagabunden, Komponisten und Säufer. Dann malte ich die Werke der Menschen, ihre gräßlichen Gebäude und ihre unheimlichen Maschinen. Darauf malte ich Landschaften, zuerst mit Menschen, dann ohne Menschen. Endlich fand ich es meiner unwürdig, mit der Malerei etwas Räumliches vorzutäuschen. Ich gab die Perspektive auf und begann, nur Farbkompositionen zu malen. Schließlich malte ich nur noch Kreise und Dreiecke, ohne sie mit Farben auszufüllen, und Linien, bis ich die Leinwand leer ließ. So schien mir die Malerei am ehrlichsten zu sein. Doch nach Jahren, nachdem ich eine Leinwand um die andere leer ausgestellt hatte, fand ich auch die Leinwand überflüssig und stellte bloß noch leere Bilderrahmen aus. Ich fand, daß eigentlich nur noch das Nichts darstellbar sei. Ich erzielte irrsinnige Preise mit meinen leeren Bilderrahmen, und sie hängen in vielen Museen. Als ich jedoch auch die Bilderrahmen wegließ, um das Nichts noch reiner darzustellen, kaufte mir niemand meine Bilder mehr ab. Jetzt sitze ich hier am Ufer des Sees und male Bilder, indem ich den See und das Ufer wegdenke und nur noch das Nichts vor mir habe. Mein Wärter findet meine Bilder wunderschön, der Chefarzt klopft mir manchmal anerkennend auf die Schulter. Ich bin zufrieden mit meinem Schicksal und stolz auf meine

Leistung. Ich erfüllte die künstlerische Aufgabe restlos, die ich mir gestellt hatte.

Von links der Mitte der Bühne taucht schnell und militärisch gerade Kain auf, einen zusammengeklappten Gartensessel unter den rechten Arm geklemmt. Er geht zuerst der Mitte der Bühne entlang nach rechts außen, wendet sich dann zackig um, kommt nach rechts vorne, klappt den Gartensessel neben dem roten Telefon auf, das seit der Raumfahrtszene auf der Bühne geblieben ist, knallt die Hacken zusammen und verbeugt sich steif.
Kain trägt einen braunen Rock und einen Hut, wie ihn pensionierte Offiziere oder Jäger tragen.

KAIN Ich heiße Kain. Ich bin neunzig. Das ist das einzige, was ich von der Gegenwart weiß, weil ein Mann in einem weißen Kittel es mir eben meldete. Ich mag Gärten gern, aber nicht den Garten, in dem ich hier sitze, sondern meinen Garten. Ich liebe Blumen –

Kain beginnt mechanisch um den Gartenstuhl herumzugehen.

KAIN – Tulpen, Mohn, Rittersporn, Lupinen, Cosmeen, Tageten. Phlox, Zinnien, Vergißmeinnicht, Gladiolen, Malven, Sonnenblumen.

Kain setzt sich in den Gartenstuhl.

KAIN Am liebsten habe ich Rosen.

Kain legt etwas mühsam das rechte Bein über das linke.

KAIN Ich liebte immer Blumen. Neben dem Lager war ein besonders schöner Blumengarten, und die Häftlinge pflegten, jäteten und stachen ihn sorgfältig um. Leider wechselten die Häftlinge zu oft. Jeden Mittag stand ich neben den Gaskammern und sah in meiner Offiziersuniform zu, wie die Häftlinge in langen Zügen hineingetrieben wurden, alle nackt; Männer, Weiber und Kinder. Ich ließ Massengräber ausheben und, waren sie gefüllt, einebnen. Darauf pflanzte ich meine Blumen. Die Häftlinge behandelte ich menschlich. Meine Blumengärten wuchsen immer weiter ins Land hinaus. Sie leuchteten und gediehen.

Kain nimmt den Hut ab und wischt den Schweiß an dessen Innenrand mit einem Taschentuch ab.

KAIN Nie sah ich schönere Tulpen, schöneren Mohn, schöneren Rittersporn, schönere Lupinen, schönere Cosmeen, schönere Tageten, schöneren Phlox, schönere Zinnien, schönere Vergißmeinnicht, schönere Gladiolen, schönere Sonnenblumen, schönere Malven, und nie mehr waren die Rosen so schön.

Kain schaut zu Abel hinüber.

KAIN Übrigens besaß ich auch überaus prächtige Astern.

Da Abel nicht reagiert, legt Kain seinen Hut sorgfältig unter den Gartenstuhl.

KAIN Ich liebe Blumen, und weil ich Blumen liebte mein Leben lang, bin ich immer ein guter Mensch gewesen ein Leben lang. Ich liebe Blumen, ich liebe Blumen, ich liebe Blumen.

Adam erhebt sich, läßt den Liegestuhl stehen und geht links ab.
Gleichzeitig erhebt sich Abel, nimmt seinen Klappsitz und geht ebenfalls links ab.
Gleichzeitig erhebt sich Henoch, läßt seine Kubenstruktur gleichgültig stehen und geht links hinten ab.
Kain erhebt sich, zieht den Kittel aus, hängt ihn über die Lehne des Gartenstuhls, rückt diesen nach links, setzt sich schräg zum Publikum und schaut durch ein geschwärztes Glas nach links oben.
Von rechts hinten kommt Eva mit einem leichten Bademantel über dem Kleid, mit Zeitung, Sonnenbrille und Nasenschutz.
Eva dreht den Liegestuhl Adams Kain zu, setzt sich, beginnt in der Zeitung zu lesen.
Vom Musiker her sind durchgehend die Anfangstakte der Fünften als leises Trommeln zu hören.

EVA Was tust du?
KAIN Ich betrachte die Sonne.
EVA Weshalb?
KAIN Es kam etwas in den Nachrichten darüber.
EVA Aha.

Ein dumpfer Trommelschlag.

KAIN Was tust du?
EVA Ich lese die Zeitung.
KAIN Weshalb?

EVA Die Börse.

KAIN Aha.

Ein dumpfer Trommelschlag.

KAIN Er ist wieder durchs Examen gefallen.

EVA Er hatte nur zwei Punkte zu wenig.

KAIN Zum dritten Male.

EVA Er ist ein Spätentwickler.

KAIN Komm mir nur nicht wieder mit meiner Beinprothese.

EVA Du kommst mir ja auch wieder mit meinem Sohn.

Ein dumpfer Trommelschlag.

KAIN Der, mit seiner ewigen Fünften.

EVA Du, mit deinem ewigen Dienstmädchen.

KAIN Sie ist ganz gesprenkelt.

EVA Wer?

KAIN Die Sonne.

EVA Und?

KAIN Jetzt ist Ende November, und die Hitze läßt nicht nach.

Ein dumpfer Trommelschlag.

EVA Hast du die Aktien der Maschinenfabrik verkauft?

Ein dumpfer Trommelschlag.

KAIN Betrachtet man die Sonne durch ein geschwärztes Glas, sieht man es deutlich.

EVA Sie fallen jeden Tag.

KAIN Die Helligkeit des Uranus hat sich verdoppelt.

EVA Was soll das mit den Aktien der Maschinenfabrik zu tun haben?

KAIN Wenn die Helligkeit des Uranus sich verdoppelt hat, ist das Licht der Sonne stärker geworden.

EVA Hörst du mir eigentlich zu?

KAIN Die Sonne ist ein Gelber Zwerg.

Ein dumpfer Trommelschlag.

EVA Du verkauftest also die Aktien der Maschinenfabrik nicht.

KAIN Wen soll ich verkauft haben?

EVA Die Aktien der Maschinenfabrik.

KAIN Warum?

EVA Weil sie fallen.

KAIN Sie steigen wieder.

EVA Die Maschinenfabrik steht auf der schwarzen Liste.

KAIN Sie stellt Waffen her.

EVA Vielleicht hast du recht.

Eva faltet die Zeitung zusammen. Kain schaut durch sein geschwärztes Glas.
Ein dumpfer Trommelschlag.

KAIN Total gesprenkelt.

EVA Einen Jumbo-Jet haben sie wieder entführt.

KAIN Zum Glück versichern die Astronomen, die Sonne sei stabil.

EVA Mit zweihundertachtzig Passagieren an Bord.

KAIN Ein stabiler Gelber Zwerg.

EVA Sie haben ihn in die Luft gesprengt.
KAIN Stabil wie die Aktien der Maschinenfabrik. Man muß sie bloß nicht verkaufen, wenn sie schwanken.

Zwei kurze Trommelschläge.
Kain legt das geschwärzte Glas auf den Boden zum roten Telefon.

KAIN Ich kann einfach diese ewige Fünfte nicht mehr hören.
EVA Ein Militärmarsch wäre dir wohl lieber.
KAIN Jetzt kommst du mir wieder mit meiner Beinprothese.
EVA Jetzt bist du mir wieder mit meinem Sohn gekommen.
KAIN Dein Spätentwickler kann mich.
EVA Dein Dienstmädchen auch.

Ein dumpfer Schlag, danach Trommel: Übergang in ›Gewitter‹.
Kain streckt die Hand aus.

KAIN Ein Gewitter zieht auf.
EVA Endlich.
KAIN Es beginnt zu regnen.
EVA Gott sei Dank.

Eva und Kain erheben sich.
Eva nimmt den Liegestuhl und stellt ihn auf den Gerümpelhaufen in der Mitte des Hintergrundes.
Kain zieht die Jacke wieder an, geht nach links hinten, wo ihm von der Rampe her Adam in einem weißen Kittel,

wie sie Wissenschaftler tragen, eine Generalsmütze übergibt, die Kain aufsetzt.
Ferner gibt Adam Eva einen Stenogrammblock, wie ihn Sekretärinnen benutzen.
Eva bleibt links neben dem Gerümpelhaufen stehen.
Kain geht, die Generalsmütze auf dem Kopf, nach links vorne.
Aus dem Hintergrund links taucht Abel auf, von Ada geführt, die ein dreifaches Perlenhalsband trägt.
Abel spricht während der ganzen Szene mit einer unheimlichen Ruhe.

ABEL Ein Skandal, diese Hurrikane.
ADA Beruhige dich, Liebling.

Abel setzt sich rechts außen in den Gartenstuhl, wo vorher Kain saß.

ABEL Schon vier diese Woche an der Ostküste, fünf im Pazifik.
ADA Beruhige dich, Liebling.
ABEL Vierzehn Tage leben wir im Bunker.
ADA Beruhige dich, Liebling.
ABEL Ein Drittel der Bevölkerung umgekommen.
ADA Bei der Bevölkerungsexplosion spielt das keine Rolle.
ABEL Schon sechs Flugzeugträger abgesoffen.

Kain salutiert.

KAIN Veraltete Typen.
ABEL Halten Sie die Klappe, Generalstabschef.

Kain salutiert.

KAIN Jawohl, Herr Präsident.
ADA Beruhige dich, Liebling.
ABEL Im Dschungel ersaufen meine Truppen.

Kain salutiert.

KAIN Die des Feindes auch.
ABEL Halten Sie die Klappe, Generalstabschef.

Kain salutiert.

KAIN Zu Befehl, Herr Präsident.
ADA Beruhige dich, Liebling, ich möchte nicht, daß du wieder einen Herzinfarkt –
ABEL Ich habe mich nicht um meinen Herzinfarkt, ich habe mich um mein Land zu kümmern. Ich bin der Präsident.

Kain salutiert.

KAIN Jawohl, Herr Präsident.
ABEL Generalstabschef, ich habe Sie hergerufen, mich zu beraten und nicht »jawohl, Herr Präsident« und »zu Befehl, Herr Präsident« zu sagen.

Kain salutiert.

KAIN Zu Befehl, Herr Präsident.
ABEL Beraten Sie mich, zum Teufel!
KAIN Neun Hurrikane in einer Woche vermögen unser Land nicht zu erschüttern.

ABEL Draußen schifft es ununterbrochen, blitzt und donnert es und herrscht eine Treibhaushitze.
ADA Beruhige dich, Liebling, im Kongo schneit es.

Im Gegensatz zum Präsidenten wirkt seine Gattin energisch, der Generalstabschef sorglos.

ABEL Halten Sie die Klappe, Generalstabschef.

Kain salutiert.

KAIN Jawohl, Herr Präsident.
ABEL Wir können ohne Air-condition nicht mehr auskommen.
ADA Naturkatastrophen hat es immer gegeben, Liebling.
ABEL Halten Sie die Klappe, Generalstabschef.

Kain salutiert.

KAIN Zu Befehl, Herr Präsident.

Ada wird energisch.

ADA Beruhige dich, Liebling.
ABEL Ich will mich nicht beruhigen.
ADA Sekretärin!
EVA Gnädige Frau?
ADA Die Tropfen für den Präsidenten.
EVA Sofort, gnädige Frau.
ABEL Ich will keine Tropfen.
EVA Bitte, Herr Präsident.
ABEL Hauen Sie ab.

EVA Jawohl, Herr Präsident.

Kain salutiert.

KAIN Herr Präsident –
ABEL Halten Sie –

Kain salutiert.

KAIN Jawohl, Herr Präsident.
ABEL Sekretärin.
EVA Herr Präsident?
ABEL Den Professor.
EVA Bitte, Herr Präsident.
ABEL Rein mit dem Eierkopf.
EVA Jawohl, Herr Präsident.

Von Mitte links erscheint Adam als Professor im weißen Mantel. Er hat ein Nervenleiden und schüttelt beständig den Kopf.
Kain salutiert.

KAIN Herr Präsident.
ABEL Klappe halten.

Kain salutiert.

KAIN Jawohl, Herr Präsident.
ADAM Herr Präsident?
ABEL Professor, Sie sind mein persönlicher wissenschaftlicher Berater.
ADAM Glaube ich, Herr Präsident.

ABEL Glauben! Alles glaubt hier! Ich will Wissen, genaue Angaben, exakte wissenschaftliche Erkenntnisse.

ADAM Bitte, Herr Präsident.

ABEL Stellen Sie die Hurrikane ab.

ADAM Unmöglich.

ABEL Für den Präsidenten der mächtigsten Nation der Welt gibt es das Wort ›unmöglich‹ nicht.

ADA Beruhige dich, Liebling.

ADAM Trotzdem ist es unmöglich.

ABEL Eierkopf, ich stelle ihm die ganze militärische, technische und finanzielle Macht des Landes zur Verfügung. Die Freiheit steht auf dem Spiel. Werden die Hurrikane nicht abgestellt, muß ich den Dschungelkrieg abblasen. Begriffen, Eierkopf?

ADAM Gegen Hurrikane dieser Art wäre die gesamte militärische, technische und finanzielle Macht der Menschheit machtlos, Herr Präsident.

ABEL War Ihre Mutter schwachsinnig oder Ihr Vater ein Knallidiot?

Adam schweigt, aber schüttelt vor Erregung noch heftiger mit dem Kopf. Kain lacht.

ADA Reg dich nicht auf, Liebling.

ABEL Wir stehen vor einer Niederlage.

Adam wirft Kain einen wütenden Blick zu.

ADAM Ich bin nicht militärischer Experte, Herr Präsident.

ABEL Mein Generalstabschef ist ein Trottel, und mein wissenschaftlicher Experte ist auch ein Trottel.

ADA Reg dich nicht auf, Liebling.

ABEL Ich rege mich nicht auf. Ich rege mich überhaupt nicht mehr auf. Ich bin ruhig. Eiskalt und ruhig. Aber ich bitte Sie, Professor, an den Zusammenbruch der Börse zu denken, wenn wir den Dschungelkrieg verlieren.

ADAM Das ist mir klar, Herr Präsident.

ABEL Millionen werden ihre Ersparnisse verlieren.

ADAM Das ist mir klar, Herr Präsident.

ABEL Also.

ADAM Trotzdem bin ich machtlos, Herr Präsident.

ADA Reg dich nicht auf, Liebling.

ABEL Halten Sie die Klappe, Generalstabschef.

Kain salutiert.

KAIN Zu Befehl, Herr Präsident.

Adam trottet auf den Präsidenten zu.

ADAM Die Sonne weist eine außergewöhnliche Protuberanzentätigkeit und Sonnenflecken von nie gesehener Größe auf.

ABEL Mir egal.

ADAM Ein Professor der Temple University in Philadelphia behauptet, sie schicke sich an, einen Teil ihrer Materie auszustoßen.

ABEL Soll sie.

Adam bleibt, ohne mit dem Kopf zu wackeln, neben dem Präsidenten stehen.

ADAM Das würde für die Erde das Ende bedeuten.

Abel erhebt sich langsam, geht ebenso langsam auf Adam zu, der rückwärts, heftig mit dem Kopf schüttelnd, nach Mitte links geht.
Beide stehen sich gegenüber.

ABEL Wenn die Sonne explodiert, Eierkopf, mache ich Sie dafür verantwortlich.

ADAM Herr Präsident.

ADA Reg dich nicht auf, Liebling.

ABEL Maul halten.

ADAM Mein Wort, Herr Präsident, die Sonne wird nicht explodieren. Sie ist stabil und hat noch einen stabilen Zustand von einigen Billionen Jahren vor sich. Der Professor der Temple University in Philadelphia ist ein weltbekannter Narr.

Abel schüttelt Adam die Hand, geht dann langsam auf Kain zu.

ABEL Ich wäre froh, einmal auch unter meinen Beratern keinem weltbekannten Narren zu begegnen.

Kain salutiert.

KAIN Jawohl, Herr Präsident.

ADA Reg dich nicht auf, Liebling.

ABEL Sekretärin.

EVA Herr Präsident!

ABEL Führen Sie mich in mein Schlafzimmer.

EVA Bitte, Herr Präsident.

Eva führt Abel nach links hinten ab.

ABEL Ich brauche meine Tropfen.
EVA Selbstverständlich, Herr Präsident.

Die beiden verschwinden.

ADA Meine Herren, darf ich Sie zum Lunch bitten?

Ada geht nach links hinaus, Adam und Kain folgen ihr.
Von rechts hinten taucht gleichzeitig Henoch auf, schaut sich auf der Bühne um.
Er geht zu den drei Kuben, die er als Physiker aufgebaut hat, und schmeißt sie im Hintergrund hinter die Rampe, so daß sie verschwinden.
Dann holt Henoch den Gartenstuhl rechts vorne, geht zurück und wirft ihn den Kuben nach.
Darauf wirft er die drei restlichen Kuben, die vier Munitionskisten, den Blechkübel und die Rotkreuzkiste die Rampe hinunter.
Endlich wirft er allem auch die Bank nach.
Henoch schaut sich um.
Auf der Bühne sind nur noch einige Gegenstände: Links von der Mitte die Ginflasche, in der Mitte vorne ein Stahlhelm und ein Patronengürtel, rechts vorne ein Hut, ein rotes Telefon und ein geschwärztes Glas, in der Mitte der Bühne Zeitungen und Modejournale, in der Mitte des Hintergrundes Kopfhörer und ein weiterer Patronengürtel.
Henoch geht nach halblinks vorne, setzt sich auf die Rampe.
Von links kommt Zilla, schaut sich um.

ZILLA Das Haus ist wie abrasiert.

HENOCH Die Hurrikane fegten alles fort, was auf der Erde stand.

Zilla räumt Zeitungen auf.

HENOCH Es ist sinnlos aufzuräumen.

Zilla räumt weiter Zeitungen auf.

HENOCH Ich baute das Haus für uns.
ZILLA Für uns und unsere Kinder.
HENOCH Die Maschinenfabrik, in der ich arbeitete, ist auch zerstört.

Zilla legt die Zeitungen sorgfältig in die Mitte des Hintergrundes.

ZILLA Ich winkte dir immer nach, wenn du zur Arbeit gingst.
HENOCH Der alte Gisinger machte sich hinter dich her.
ZILLA Er landete bei mir nicht.
HENOCH Der junge Gisinger machte sich auch hinter dich her.
ZILLA Er landete bei mir auch nicht.
HENOCH Nun sind beide umgekommen.
ZILLA Abertausende sind umgekommen.
HENOCH Abermillionen.

Zilla setzt sich Mitte rechts hinten auf den Boden, verschränkt die Arme über die Beine.

ZILLA Beim nächsten Hurrikan gibt es keinen Schutz mehr.

HENOCH Schutz für niemanden.

Schweigen.

HENOCH Die Regierung sagt, die Welt ginge nicht unter.
ZILLA Die Regierung lügt.
HENOCH Bist du sicher?
ZILLA Du weißt es.
HENOCH Ich weiß es.
ZILLA Wir wissen es beide.

Schweigen.

HENOCH Wir werden keine Kinder haben.
ZILLA Niemand wird mehr Kinder haben.

Schweigen.

HENOCH Die Sonne ließ uns im Stich.
ZILLA Wir dachten, die Sonne ließe uns nie im Stich.
HENOCH Die Erde hätte glücklicher sein können.
ZILLA Die Menschen hätten gerechter sein müssen.
HENOCH Die Menschen haben alles falsch gemacht.
ZILLA Die Menschen haben vieles falsch gemacht.

Schweigen.

HENOCH Das ist jetzt nebensächlich.
ZILLA Alles ist jetzt nebensächlich.

Schweigen.

HENOCH Ich liebte dich.

ZILLA Ich liebe dich noch.

Zilla sieht zum Himmel.

ZILLA Ich glaube, es kommt ein neuer Hurrikan.

Henoch eilt zu Zilla, wirft sich schützend über sie.

HENOCH Der letzte.

Von allen Seiten eilen Adam, Abel, Kain, Eva, Ada, Naema auf die Bühne und stürzen sich, Gesicht voran, hin.
Links außen im Vordergrund liegt Adam, etwas hinter ihm gegen rechts Naema, in der Mitte der Bühne Eva, auf gleicher Höhe Zilla und Henoch, im Vordergrund rechts, parallel zum Publikum, Abel.
Links und rechts im Hintergrund liegen Kain und Ada auf der Rampe, so daß das Publikum nur ihre Oberkörper sieht.
Alle schreien den folgenden Psalm in höchster Verzweiflung, in unsinniger Hoffnung, daß Gott ihr Schicksal wenden möge.

ADAM Lobe den Herrn, meine Seele.
ZILLA Herr, mein Gott, Du bist herrlich.
ABEL Du bist schön und prächtig geschmückt.
NAEMA Licht ist Dein Kleid, das Du anhast.
HENOCH Du breitest den Himmel aus wie einen Teppich.
ADA Du wölbst ihn zu einer Kugel, die sich nach allen Seiten hin krümmt.
KAIN Du webst Milchstraßen hinein, daß sie von Deiner

Unendlichkeit zeugen, besät mit Roten Giganten und Blauen Riesen, mit donnernden Cepheiden und Weißen Zwergen.

EVA Deine Gedanken sind Atome, die aus dem Nichts in den Raum Deines Himmels schießen.

ADAM Die Strahlen Deiner Augen durchdringen Blei.

ZILLA Du fährst auf den Wolken wie auf einem Wagen.

ABEL Und gehst auf den Fittichen des Sturmes.

ADA Du machst Deine Engel zu Winden und Deine Diener zu Feuerflammen.

HENOCH Du erschaffst einen zuverlässigen, gelben Stern und der Erde eine Bahn um diese kleine Sonne.

NAEMA Du baust die Kontinente, und die Berge brechen aus den Tiefen.

ABEL Du läßt die Brunnen quellen.

ZILLA Du feuchtest die hohen Berge von oben her. Sie sind der Gemsen Zuflucht; und in den Zedern des Libanon, die Du gepflanzt hast, nisten die Vögel, und die Reiher wohnen auf den Tannen.

Adam wälzt sich auf den Rücken.

ADAM Du gießest die Meere zwischen die Kontinente. Daselbst sind Walfische, die Du gemacht hast, daß sie drinnen spielen, und Fische, daß sie einander fressen.

EVA Wenn es Nacht wird, regen sich die wilden Tiere in den Steppen, die jungen Löwen brüllen nach dem Raub und suchen ihre Speise von Gott.

ABEL Wenn aber die Sonne aufgeht, heben sie sich davon und legen sich in ihre Höhlen, und der Mensch geht an seine Arbeit und an sein Ackerwerk bis an den Abend.

NAEMA Denn Du machst das Land voll Früchte, Du läßt

das Gras wachsen für das Vieh und Saat zum Nutzen der Menschen, daß Du Korn aus der Erde bringst und daß der Wein erfreue des Menschen Herz, daß seine Gestalt schön werde vom Öl und das Brot des Menschen Leib stärke.

HENOCH Du gibst den Menschen die Liebe, sich ihrer Nächsten zu erbarmen, Du gibst ihnen den Haß, vor Dir schuldig zu werden, Du gibst ihnen Gesundheit, Deine Freude wahrzunehmen, Du gibst ihnen Krankheit und Tod, ihre Grenzen zu erkennen.

KAIN Du verleihst den Menschen die Fähigkeit, Deine Werke zu ergründen, die Kunst, prächtige Städte und Brücken zu bauen, die Gabe, mit großen Schiffen die Meere zu überwinden, mit schnellen Wagen über die Erde zu fahren und mit gewaltigen Maschinen geschwinder, als der Schall es vermag, die Lüfte zu durcheilen.

ADA Du schenkst den Menschen den Frieden um Deiner Gnade willen, Du überziehst sie mit Kriegen, daß sie Deinen Zorn spüren, Du läßt die Macht der Mächtigen und die Ohnmacht der Ohnmächtigen zu, ihrer Unzulänglichkeit willen, Du schaust die Erde an, und sie bebt, daß die Menschen Deine Stärke fühlen, Du rührst die Berge an, und sie rauchen, daß die Menschen vor Dir erzittern.

EVA Herr, wie sind Deine Werke so groß und viel. Du hast sie alle weislich geordnet, und die Erde ist voll Deiner Güte.

Eva stirbt.

ADAM Verbirgst Du Dein Angesicht, so erschrickt sie,

nimmst Du ihr ihren Odem, so vergeht sie und wird wieder zu Staub.

Adam stirbt.

ZILLA Ob Deinem Hauch wird sie wieder erschaffen und erneut ihre Gestalt.

Zilla stirbt.

ABEL Die Ehre des Herrn ist ewig, der Herr hat Wohlgefallen an seinen Werken.

Abel stirbt.

NAEMA Ich will dem Herrn singen mein Leben lang und meinen Gott loben, solange ich bin.

Alle sterben. Ada bäumt sich dabei noch einmal auf.

ADA Der Sünder muß ein Ende werden auf Erden und die Gottlosen nicht mehr sein.

Es wird finster.
Im Hintergrund leuchtet wieder die Milchstraße auf.
Die Spielfläche wird wieder schwach beleuchtet.
Adam tritt, wie zu Beginn, von links auf, geht in die Mitte des Hintergrundes der Spielfläche.

ADAM Ich bin der erste Gott.

Kain tritt von links auf, offenbar schwerhörig.

KAIN Wie?
ADAM Ich bin der erste Gott.
KAIN Ach so.

Kain geht nach der Spielflächenmitte rechts.

KAIN Ich bin der zweite Gott.

Abel tritt von links mit einer gewissen Feierlichkeit auf, geht nach der Spielflächenmitte links.

ABEL Ich bin der dritte Gott.

Henoch tritt von links mit einer gewissen Unbekümmertheit auf, geht nach der Spielflächenmitte ganz links.

HENOCH Ich bin der vierte Gott.

Adam gähnt.

KAIN Was?
ADAM Langweilig, diese Unendlichkeit.
ABEL Stinklangweilig.
KAIN Wie?
ABEL *artikuliert* Stinklangweilig.
KAIN Ach so.

Henoch sieht Adam und Abel an.

HENOCH Setzen wir uns?
ABEL Setzen wir uns.

Abel setzt sich, Henoch legt sich auf den Rücken, Adam bleibt stehen, Kain verständnislos ebenfalls.

KAIN Was?
ABEL *artikuliert* Setzen wir uns.
KAIN Ach so.

Kain setzt sich ebenfalls.

ADAM Eine Sonne dort ging hops.
KAIN Wer?

Adam geht Kains Schwerhörigkeit langsam auf die Nerven.

ADAM Eine Sonne dort. Hops!
KAIN Ach so.
ABEL Wann?
ADAM Eben.

Henoch dreht sich auf den Bauch, betrachtet die Milchstraße.

HENOCH Sie wurde eine Supernova.
KAIN Eine was?
ABEL *artikuliert* Sie brach auseinander, und ihre Materie fegte in den Raum.

Er freut sich darüber.

KAIN Ach so.
ADAM Wumm!
KAIN Wie?
ADAM Wumm!
KAIN Was?

ADAM Bum.
KAIN Ach so.
HENOCH Eigentlich war die Sonne doch stabil.
ABEL Dann wäre sie keine Supernova geworden.
HENOCH Sie ist aber eine Supernova geworden.
ABEL Dann war sie nicht stabil.
HENOCH Ich kenne mich in Sonnen nicht aus.

Er dreht sich auf den Rücken.

ADAM Ich auch nicht.
KAIN Wie?

Adam wird wütend.

ADAM Ich auch nicht.

Kain wird wütend.

KAIN Ach so.
ADAM Ob sie wohl Planeten hatte?
KAIN Ob sie was hatte?
ADAM Planeten!
KAIN Ach so.
ABEL Keine Ahnung.
KAIN Wie?

Adam artikuliert unhörbar.

KAIN Ach so.
HENOCH Planeten mit Lebewesen.
KAIN Mit was?

ABEL *artikuliert* Mit Pflanzen, Tieren, Menschen.
KAIN Ach so.
HENOCH Mit Lebewesen kenne ich mich auch nicht aus.
ABEL Spielt ja auch keine Rolle?
HENOCH Wandern wir weiter?

Abel erhebt sich lächelnd.
Henoch erhebt sich ebenfalls.

KAIN Wie?

Abel, an Kain nach den Hintergrund rechts vorbeiwandernd, artikuliert.

ABEL Weiterwandern.
KAIN Ach so.

Kain erhebt sich und verschwindet hinter Abel und Henoch rechts im Hintergrund.
Adam sieht noch einmal nach der Milchstraße. Dann schaut er sich zum letztenmal auf der Bühne um. Halblinks vorne steht immer noch die leere Ginflasche, in der Mitte des Vordergrundes ein Helm mit Patronengürtel, rechts vorne ein Hut neben einem roten Telefon und einem geschwärzten Glas, zu seinen Füßen ein weiterer Patronengürtel, Kopfhörer und sorgfältig aufeinandergeschichtete Modejournale.
Adam hebt den Patronengürtel auf, betrachtet ihn verständnislos und wirft ihn in den Vordergrund der Bühne.

ADAM Hops ging sie ohnehin.

Adam verschwindet wie die drei anderen hinten rechts.

Anhang

Bericht über ›Play Strindberg‹

Sehe Strindbergs ›Totentanz‹ 1948 in Basel mit Maria Fein und Rudolf Forster; nachträglich: Erinnerung an Schauspieler, aber nicht an ein Stück.

1968. Lese die ersten Seiten des Stücks, finde den Theatereinfall interessant, stoße mich an seiner Literatur (Plüsch × Unendlichkeit). Versuche eine dramaturgische Bearbeitung durch Striche, d. h. eine theaterübliche Strindberg-Bearbeitung. Gebe diese auf. Grund: Die üblichen Strindberg-Bearbeitungen durch Striche, Umstellungen, Textveränderungen und Textergänzungen verfälschen Strindberg, was um so bedenklicher ist, weil trotzdem vorgegeben wird, Strindberg ›echt‹ zu spielen. Eine Umarbeitung kommt mir ehrlicher vor.
November 1968 Beginn der Umarbeitung anhand einer Rohübersetzung.

Ich übernehme von Strindberg die Fabel und den theatralischen Grundeinfall. Indem ich Strindbergs literarische Seite eliminiere, wird die Nähe seiner theatralischen Vision zur Moderne deutlich: zu Beckett, Ionesco, aber auch zu meinem *Meteor*. Strindbergs Dialog wird als Vorlage für einen Anti-Strindberg-Dialog benutzt; aus einem Schauspielerstück wird ein Stück für Schauspieler. Der Schauspieler hat nicht mehr dämonische Seelenstudien zu treiben, sondern einen bis ins Extreme verdichteten und verknappten Text auf der Bühne möglich zu machen.

Dezember 1968 Beginn der Proben. Der Text wird zum Teil während des Arbeitens mit den Schauspielern entwickelt und ständig verändert.

Der endgültige Text entsteht durch eine Ausschöpfung der verschiedenen theatralischen Situationen. Aus drei Schauspielern entsteht die Einheit eines exakt spielenden Trios. Schauspielerartistik. Aus einer bürgerlichen Ehetragödie wird eine Komödie über die bürgerlichen Ehetragödien: *Play Strindberg*.

Geschrieben 1969 für die erste Buchausgabe.

Nachwort zu ›Porträt eines Planeten‹

Die Wirklichkeit ist die Unwahrscheinlichkeit, die eintritt. Das *Porträt eines Planeten* konfrontiert den Zuschauer mit der Unwahrscheinlichkeit seiner Existenz. Es ist unwahrscheinlich, daß von den unwahrscheinlich vielen Sonnen, die es im Raum gibt, davon nicht unwahrscheinlich viele Sonnen Planeten besitzen, und wenn auch von diesen unwahrscheinlich vielen Planeten unwahrscheinlich wenige Leben hervorbringen, wie unser Planet, so gibt es immer noch unwahrscheinlich viele belebte Planeten. Im Reiche des unwahrscheinlich Vielen ist unwahrscheinlich wenig unwahrscheinlich viel. Das gleiche Gesetz gilt auch für jene kosmologische Hypothese, die mir zum *Porträt eines Planeten* verhalf: daß Planeten nämlich nur dann entstehen, wenn die auseinanderfegende Materie von explodierenden Sonnen (Supernovae) Wasserstoffwolken beschmutzt, die im Begriffe sind, sich zu Sonnen zusammenzuziehen, so daß wir eigentlich auf den Überresten einer unvorstellbaren Weltkatastrophe leben; und wenn es auch unwahrscheinlich ist, daß die Supernova, der wir unseren Planeten und damit unsere Existenz verdanken, bei ihrer Explosion einen Planeten wie den unsrigen zerstörte, ganz unwahrscheinlich ist es nicht; und wenn auch in einer Milchstraße durchschnittlich bloß alle fünfhundert Jahre eine Supernova entsteht, so ereignet sich doch dieses Phänomen bei den unwahrscheinlich vielen Milchstraßensystemen, die wir kennen, so unwahrscheinlich häufig, daß es unwahrscheinlich wäre, wenn sich die Weltkatastrophe, die ich in meinem Stücke schildere, nicht öfters irgendwo im Raume ereignen würde. Vielleicht jährlich, vielleicht täglich, vielleicht jederzeit. So unwahrscheinlich mein Stück ist, so real ist es auch. Ja es ist nicht ausgeschlossen – weil der Planet, den ich im *Porträt* beschreibe, unser Planet ist; ich kenne keinen anderen bewohnten Planeten, obgleich unvorstellbar viele andere denkbar sind –, daß diese Weltkatastrophe unwahrscheinlicherweise auch uns zustoßen könnte, wenn es auch unwahrscheinlich wahrscheinlicher ist, daß die Menschheit sich selber zerstört und nicht durch eine kosmische Katastrophe verglüht; und solches nur, weil die Menschen vergessen, was ich Adam in meinem Stücke aussprechen lasse, daß die Erde eine Chance sei. Eine so unwahrscheinliche Chance und damit eine so unwahrscheinliche Seltenheit, daß die fingierten vier Götter zu Beginn und am Ende meines Stückes unmöglich wissen können, daß der kleine Gelbe Zwerg, der sich in eine Supernova verwandelt, sich anschickt, die Kostbarkeit unserer Erde zu vernichten, aus dem einfachen Grunde, weil sie nicht zu wissen vermögen, daß es uns überhaupt gibt.

Soll der Stoff eines Theaterstücks eine Katastrophe kosmischen Ausmaßes darstellen, die über die Erde hereinbricht, so stellt sich einerseits die Aufgabe, einen solchen Stoff auf der Bühne zu bewältigen, und andererseits die Frage nach dem Sinn eines solchen Unternehmens. Die Bühne stellt die Welt mit Schauspielern dar. Ihre Welt ist eine Welt der Menschen, und insofern sind die Katastrophen, die sich auf der Bühne ereignen, solche, die von Menschen an Menschen bewirkt werden: das unermeßliche Feld menschlicher Konflikte. Gewiß lassen sich Stoffe ausdenken, wo Naturkatastrophen eine Rolle spielen. Die Dramatik solcher Stoffe läge dann darin, wie die betroffenen Menschen auf solche Ereignisse reagieren. So könnte etwa dargestellt werden, wie eine Stadt und ihre Einwohner durch den Ausbruch eines Vulkans zugrunde gehen, obgleich die Katastrophe sich vorher angezeigt hatte und durch Wissenschaftler vorausgesagt worden war: die Einwohner fänden allein dadurch den Tod, weil sie die Katastrophe aus verschiedenen Motiven nicht glauben und die Stadt nicht verlassen wollen. Das alles trifft jedoch bei einer kosmischen Katastrophe, wie sie die plötzliche Verwandlung unserer Sonne in eine Supernova darstellt, nur bedingt zu. Wahrscheinlich fände die Voraussage einer solchen Katastrophe – wenn sie überhaupt möglich wäre – noch weniger Glauben, und außerdem gäbe es keine Rettung. Doch das scheint mir nicht wesentlich. Ich lasse deshalb die

Menschen denn auch mehr ahnungslos ihrem Untergang entgegengehen. Wesentlich scheint mir, daß die Erde im gesellschaftlichen Zustande verdampft, worin sie sich im Zeitpunkt der Katastrophe befindet: der ungeheure Lichtblitz der explodierenden Sonne wird zum Blitzlicht einer kosmischen Kamera, die die Erde zum letzten Male porträtiert; darum *Porträt eines Planeten.* Eine letzte Bestandsaufnahme. Eschatologie als Aufnahmetechnik: Damit beantwortet sich auch die Frage nach dem Sinn eines solchen Stoffes: die Erde kann nur eschatologisch porträtiert werden: gegenwärtig. Ihre Unordnung wird nur dann radikal dargestellt, wenn sie radikal ihrer Geschichte und ihrer Zukunft entrissen wird, wenn Geschichte nicht mehr als Entschuldigung und die Zukunft nicht mehr als Hoffnung gilt. Vermittels einer Utopie wird die Erde als Wirklichkeit der Gegenwart verhaftet.

Die Aufgabe ist nicht eben leicht, die ich damit der Bühne aufbürde. Den Begriff des Porträts finden wir in der Malerei und in der Bildhauerei, kaum in der Dramatik. Die Erde, porträtiert, weist keine dramatische Handlung auf, und die Bühne scheint ohne dramatische Handlung nicht auszukommen. Als Porträt im Lichte ihres plötzlichen Untergangs zeigt die Erde ein Durcheinander von Handlungsmomenten, ein Unmaß von banalen, schrecklichen, gewöhnlichen, außergewöhnlichen, absurden, monotonen, grotesken, unglücklichen, aber auch glücklichen Szenen. Hier haßt, dort liebt man sich, hier wird gehungert, dort ausgebeutet, hier getötet, dort geschwelgt, hier gehofft, dort sind andere verzweifelt. Gegensätzliches häuft sich auf Gegensätzliches. Dem gigantischen Stoff scheinen nur gigantische Mittel gewachsen zu sein, Filmmontagen, die sich jagen, Drehbühnen, Simultanszenen, Stereophonien, Lichteffekte, elektronische Zaubereien; und dennoch scheint jedes Kunstmittel zu versagen: auch die bis ins Enorme aufgeschwollene Tragödie von Karl Kraus ›Die letzten Tage der Menschheit‹ war schließlich ihrem Gegenstande doch nicht gewachsen, obgleich sie für ein ›Mars-Theater‹ geschrieben wurde. Der Erste Weltkrieg rollte über die kunstreiche und wortgewaltige Parodie hinweg, die einmal Wirklichkeit war; und was sich nachträglich die Gerippe erzählen, interessiert uns nicht mehr; die Bezüge zwischen den Personen, die einmal geschichtlich waren und nun vergessen sind, bleiben unverständlich. Doch gibt es eine dramatische List, einen gigantischen Stoff darzustellen: mit den kärglichsten Mitteln. Sind bei einem Stoff unermeßlich viele Szenen möglich, kann er auch mit wenigen dargestellt werden: um so wichtiger werden dann diese wenigen Szenen, mögen sie auch an sich banal erscheinen.

Je älter ich werde, desto mehr ist mir das Theaterliterarische, das Rhetorische, sind mir die schönen Sentenzen und schönen Sätze verhaßt. Ich verzichte mehr und mehr auf die dramaturgischen Kniffe, womit die Schauspieler gezwungen werden, Menschen auf der Bühne darzustellen, die durch ihre Worte zu Exhibitionisten werden. Ich versuche dramaturgisch immer einfacher zu zeigen, immer sparsamer zu werden, immer mehr auszulassen, nur noch anzudeuten. Die Spannung zwischen den Sätzen ist mir wichtiger geworden als die Sätze selbst. Meine Dramatik spielt sich zwischen den Sätzen, nicht in den Sätzen ab, vom Schauspieler her gesehen. Ich vertraue seiner Wirkung mehr als der Literatur. Ich spiele ihm Sätze zu, die nichts als das letzte Resultat seines Spiels sein möchten. Ich integriere die Literatur in die Schauspielkunst und nicht die Schauspielkunst in die Literatur. Die Bühne wird bei mir zu einem theatralischen Medium, nicht zu einem literarischen Podium. Noch extremer: Ich schreibe meine Theaterstücke nicht mehr für Schauspieler, ich komponiere sie mit ihnen. Ich gebe die Literatur zugunsten des Theaters auf, Literatur machen heute die Kritiker. Das führt dazu, daß ich das Bühnenbild mehr und mehr eliminiere, der Versuch reizt mich, Theater allein mit dem Schauspieler zu erzielen, der bloß mit den Requisiten arbeitet, die er zum Spielen benötigt. Meine Bühne ist ein Theater der Requisiten, nicht der Kulisse. Nur so scheint mir ein heutiges Theater berechtigt zu sein, als Theater, das sich auf sich selbst reduziert.

Ich bin mir durchaus im klaren, im *Porträt eines Planeten* an die Grenze dessen vorgestoßen zu sein, was eigentlich Theater vermag, ja, daß es unmöglich zu sagen ist, ob dieses Unternehmen glückte oder nicht glückte. Dialektisch manövrierte ich mich in die denkbar unglücklichste Lage. Da der Untergang der Erde von Anfang an feststeht, ist an sich jede Szene sinnlos, oft doppelt sinnlos, da sie an sich schon eine sinnlose Szene darstellt. Auch werden während des Spiels viele Menschen getötet, so daß oft ein Totentanz innerhalb eines Totentanzes stattfindet: gerade da mag man sich fragen, ob es nicht taktisch klüger gewesen wäre, eine ›heile Welt‹ untergehen zu lassen oder doch eine tiefsinnigere. Doch ist die Welt, in der wir leben, weder heil noch tiefsinnig, sondern in unheilvolle Banalitäten verstrickt. Auch ist es sinnlos, das Werk als Kabarett anzusehen und zu inszenieren. Angesichts des sicheren Endes gibt es kein Kabarett: wer will denn da noch lachen? Was zählt, ist daher allein eine Komposition für vier Schauspielerinnen und vier Schauspieler, das Dirigieren eines Oktetts der Unendlichkeit des Werdens und Vergehens entgegengehalten. Die strenge Form des Werkes ist herauszuspielen, nichts anderes. Es gibt nichts anderes.

Das *Porträt eines Planeten* wurde am 8. November 1970 in Düsseldorf uraufgeführt. Regie führte Erwin Axer, den ich für einen der besten Regisseure unserer Zeit halte. Von Anfang an sah ich das Stück auf einer leeren Bühne. Es sollte deutlich werden, daß nur mit Schauspielern gearbeitet werde, die, indem sie sich äußerlich nicht verwandelten, ihre Identität nicht aufgeben sollten. Adam sollte durchs ganze Stück Adam, Eva durchs ganze Stück Eva bleiben usw. Doch wählten Erwin Axer und ich für Düsseldorf eine Arenabühne, eine Bühne mitten im Zuschauerraum, mit zwei Luken versehen, durch welche die Schauspieler auf- und abtreten konnten. Auf der Bühne befanden sich verschiedene Gegenstände, die während des Spiels gebraucht wurden: eine Kartonschachtel (auf die man sich setzen konnte), eine Kiste, ein Haraß, ein Blechkanister, Zeitungen, ein Telefonhörer, ein Stahlhelm, ein asiatischer Strohhut usw. Über der Bühne hing als Sonne eine Glühbirne. So überzeugend nun auch diese Bühne schien, so scheint sie mir doch nachträglich falsch zu sein: die Einfachheit war nicht gewollt, sondern erzwungen. Eine Arenabühne kann nur einfach sein, eine gewöhnliche Bühne muß es nicht. So wurde aus einer gewollten Einfachheit eine erzwungene. Es stellte sich daher für die Zürcher Aufführung des *Planeten* die Aufgabe, die Düsseldorfer Aufführung auf eine gewöhnliche Bühne zu transponieren, noch einfacher und sparsamer vorzugehen, um die Komposition deutlicher zu machen. Daß dieses Unterfangen keine Kritik an Erwin Axers Regie sein soll und ist, sondern nur ein Weiterdenken, brauche ich nicht besonders zu betonen. Erwin Axer betrat Neuland. Er besaß nichts als meinen Text, und durch äußere Umstände behindert (ich hatte in Zürich den *Urfaust* zu inszenieren), kam ich nicht dazu, meinen Text bei seinen Proben zu verbessern, wie das sonst bei jeder meiner Aufführungen der Fall gewesen ist. So liegt denn hier nicht die Düsseldorfer Fassung des Stückes vor, sondern ein auf deren Erfahrungen revidierter Text: Die Zürcher Fassung.

Was nun die Bühne des *Porträts* an sich betrifft, so ist sie überhaupt nicht endgültig festzulegen. Für die Zürcher Aufführung benützten wir eine gegen hinten runde Spielfläche, die etwa sechs Meter tief war und deren Höhe hinten etwa einen Meter zwanzig über dem Bühnenboden lag. Auf diese Spielfläche führten von allen Seiten Rampen. Sie war umgeben von einem Rundhorizont, der oben mit einer Kuppel abschloß. In den Rundhorizont wurde ein Ausschnitt der Milchstraße gebohrt, so daß, wurde der Rundhorizont von hinten beleuchtet, sie aufflammte. Ferner wurden im Hintergrund, links und rechts vor dem Rundhorizont, zwei oben nach hinten gewölbte Wände aufgestellt, hinter denen sich die Schauspieler umziehen konnten. Links hinten war der Musiker sichtbar, der mit verschiedenen Instrumenten die nötigen Geräusche erzeugte. Auch zeigte es sich während der Proben manchmal notwendig, die Rollen der Schauspieler umzutauschen und den verschiedenen Charakteren anzupassen. Die Schauspieler trugen individuelle, doch ähnliche Grundkostüme, die sie auf die einfachste Weise den verschiedenen Szenen anzupassen vermochten. Über die Regie ist noch zu bemerken: Vor allem ist auf die Übergänge zu achten, die Szenen müssen sich überblenden, so ist etwa die Anmerkung auf Seite 113 »Adam beachtet Eva nicht« dahin zu verstehen, daß Eva ihrem Kostüm nach schon zur folgenden Szene gehört, ihrer Rede nach noch nicht. In der Regel treten daher die Schauspieler einer Szene auf, während die Schauspieler der vorhergehenden abtreten, deshalb auch bleibt Adam als Toter während der Coiffeur- und der Diplomatenszene liegen, um sich dann in einen Neger zu verwandeln usw. Was den Text betrifft, so wurde gegenüber der Zürcher Fassung die ›Diplomatenszene‹ verändert, die beiden Botschafter sind nun nicht mehr durch ihre Rede individualisiert: sie reden austauschbare Sätze, die ebensogut als Überschriften zu politischen Leitartikeln fungieren könnten. Sie glauben ihre Phrasen, sie sind eins geworden mit ihnen.

Geschrieben 1971 für die erste Buchausgabe.

Friedrich Dürrenmatt

Labyrinth

Stoffe I-III

Der Winterkrieg in Tibet
Mondfinsternis · Der Rebell

Turmbau

Stoffe IV-IX

Begegnung · Querfahrt
Die Brücke · Das Haus
Vinter · Das Hirn

»Der Versuch, die Geschichte meiner ungeschriebenen Stoffe zu schreiben, zwang mich, die Geschichte einiger meiner ungeschriebenen Stoffe zu rekonstruieren. Indem ich meine alten Fabeln aufgriff, griff ich mich selber auf, allzusehr bin ich mit meinen Stoffen verwoben und in sie eingesponnen. Mein Irrtum, mein Schreiben sei dem gewachsen. Allzu leichtfertig ließ ich mich auf ein Unternehmen ein, dessen Ende nicht abzusehen war. Es ging mir wie mit dem *Turmbau zu Babel*, den ich einmal plante und begann: ich mußte ihn abbrechen, um mich von ihm zu befreien. Was blieb, sind seine Trümmer.« *Friedrich Dürrenmatt*

»Diese Autobiographie als Geschichte einer literarischen Werkstatt verliert sich nicht in klatschsüchtiger Geschwätzigkeit, in Rechtfertigungsplädoyers oder kapriziöser Anekdotensucht. Im Gegenteil.«
Frankfurter Allgemeine Zeitung

»Faszinierende Spurensicherung – zwischen Autobiographie und Dokumentation: der literarische Riese, gelassen, souverän.« *Die Zeit, Hamburg*

»Wer Dürrenmatts *Stoffe* gelesen hat, wird sich und die Welt anders sehen als vorher.«
Hessischer Rundfunk, Frankfurt

»Noch nie war Dürrenmatt so groß, so weit, so umfassend, noch nie so komisch und noch nie so gründlich wie hier. [...] Etwas, was es noch nie gegeben hat.«
Hannoversche Allgemeine Zeitung

»Dürrenmatts ›Steinbruch‹, eine Riesenfundgrube. Das aufregendste Buch seit langem: kein einziger Schritt auf dem Trampelfeld herrschenden Einverständnisses.« *Tages-Anzeiger, Zürich*

»Ein erzählerisches Labyrinth, das ein großartig böses Spiegelbild vom Pandämonium unserer Welt liefert.«
Norddeutscher Rundfunk, Hamburg

»Ein Riesenepos, das ein Jahrhundertwerk werden könnte.« *Deutsche Welle, Köln*

Friedrich Dürrenmatt

Der Richter und sein Henker

Kriminalroman. detebe 21435

»Die Hauptthematik von *Der Richter und sein Henker* findet man unter anderem bei Dashiell Hammett, Rex Stout, Raymond Chandler und Georges Simenon. Grundthema: der Kampf zweier Parteien, deren eine ein einzelner Detektiv ist. Die ›gute‹ Partei, Inspektor Bärlach, ist todkrank, und es bleibt ihm nicht mehr viel Zeit, den Verbrecher Gastmann zu überführen.
Was für ein Mensch ist dieser Bärlach? In seiner Menschlichkeit erinnert er an Maigret. Wie dieser ist er von altem Schrot und Korn, ist in erster Linie ein konservativer Mensch, der nicht nach juristischen Regeln operiert, der von den modernen Techniken der Kriminologie wenig hält und lieber seiner durch Erfahrung gewitzten Nase und dem gesunden Menschenverstand folgt.« *Armin Arnold*

»Zusammen mit *Der Verdacht* ist dieses Werk zweifellos den wertvolleren Erzeugnissen dieser Gattung, wie sie etwa E.T.A. Hoffmann und G.K. Chesterton geschaffen haben, zuzuzählen.« *Kölnische Rundschau*

Der Verdacht

Kriminalroman. detebe 21436

»In *Der Verdacht* geht es nicht darum, herauszufinden, wer der Mörder ist, sondern darum, ob und wie Kommissär Bärlach wieder aus der Falle kommt, in die er hineingeraten ist. Bärlach hat eine Operation überstanden, und man nimmt an, daß er noch ein Jahr leben wird. Er liegt im Salemspital in Bern und liest symbolischerweise in der Zeitschrift ›Life‹. Ein Bild erweckt den Verdacht seines Arztes –, daß nämlich der berüchtigte Arzt Nehle, der im Konzentrationslager Stutthof ohne Narkose operierte, mit Dr. Emmenegger, dem

Vorsteher einer Zürcher Privatklinik, identisch sei. Bärlach hätte allen Grund, anderen die Prüfung dieses Falles zu überlassen: erstens ist er jetzt pensioniert, und zweitens hätte er wohl ein Recht darauf, sein letztes Lebensjahr in Ruhe zu genießen. Es ist keine moralische Verpflichtung, die ihn treibt, sondern ein unbändiger Trotz, ›in dieser Welt zu bestehen und für eine andere, bessere zu kämpfen, zu kämpfen auch mit diesem jammervollen Leib, an welchem der Krebs fraß‹. In der besten Tradition der ›tough private eyes‹.«
Armin Arnold

Friedrich Dürrenmatt im Diogenes Verlag

● Gesammelte Werke in sieben Bänden

Herausgegeben von Franz Josef Görtz
Leinen

● Das dramatische Werk

Achterloo
Komödie. Leinen

Es steht geschrieben / Der Blinde
Frühe Stücke. detebe 20831

Romulus der Große
Ungeschichtliche historische Komödie
Fassung 1980. detebe 20832

Die Ehe des Herrn Mississippi
Komödie und Drehbuch. Fassung 1980
detebe 20833

Ein Engel kommt nach Babylon
Fragmentarische Komödie. Fassung 1980
detebe 20834

Der Besuch der alten Dame
Tragische Komödie. Fassung 1980
detebe 20835

Frank der Fünfte
Komödie einer Privatbank. Fassung 1980
detebe 20836

Die Physiker
Komödie. Fassung 1980. detebe 20837

Herkules und der Stall des Augias
Der Prozeß um des Esels Schatten
Griechische Stücke. Fassung 1980
detebe 20838

Der Meteor / Dichterdämmerung
Nobelpreisträgerstücke. Fassung 1980
detebe 20839

Die Wiedertäufer
Komödie. Fassung 1980. detebe 20840

König Johann / Titus Andronicus
Shakespeare-Umarbeitungen. detebe 20841

Play Strindberg / Porträt eines Planeten
Übungsstücke für Schauspieler
detebe 20842

Urfaust / Woyzeck
Bearbeitungen. detebe 20843

Der Mitmacher
Ein Komplex. detebe 20844

Die Frist
Komödie. Fassung 1980. detebe 20845

Die Panne
Hörspiel und Komödie. detebe 20846

Nächtliches Gespräch mit einem verachteten Menschen / Stranitzky und der Nationalheld / Das Unternehmen der Wega
Hörspiele und Kabarett. detebe 20847

Friedrich Dürrenmatt & Charlotte Kerr
Rollenspiele
Protokoll einer fiktiven Inszenierung und Achterloo III. Leinen

● Das Prosawerk

Labyrinth
Stoffe I–III: Der Winterkrieg in Tibet / Mondfinsternis / Der Rebell. Leinen

Turmbau
Stoffe IV–IX: Begegnungen / Querfahrt / Die Brücke / Das Haus / Vinter / Das Hirn
Leinen

Versuche
Leinen

Durcheinandertal
Roman. Leinen

Aus den Papieren eines Wärters
Frühe Prosa. detebe 20848

Der Richter und sein Henker
Der Verdacht
Kriminalromane. detebe 20849

Der Hund / Der Tunnel / Die Panne
Erzählungen. detebe 20850

Grieche sucht Griechin / Mr. X macht Ferien / Nachrichten über den Stand des Zeitungswesens in der Steinzeit
Grotesken. detebe 20851

Das Versprechen / Aufenthalt in einer kleinen Stadt
Ein Requiem auf den Kriminalroman und ein Fragment. detebe 20852

Der Sturz / Abu Chanifa und Anan Ben David / Smithy / Das Sterben der Pythia
Erzählungen. detebe 20854

Theater
Essays, Gedichte und Reden. detebe 20855

Kritik
Kritiken und Zeichnungen. detebe 20856

Literatur und Kunst
Essays, Gedichte und Reden. detebe 20857

Philosophie und Naturwissenschaft
Essays, Gedichte und Reden. detebe 20858

Politik
Essays, Gedichte und Reden. detebe 20859

Zusammenhänge/Nachgedanken
Essay über Israel. Über Freiheit, Gleichheit und Brüderlichkeit in Judentum, Christentum, Islam und Marxismus. detebe 20860

Der Richter und sein Henker
Kriminalroman. Mit einer biographischen Skizze des Autors. detebe 21435

Der Verdacht
Kriminalroman. Mit einer biographischen Skizze des Autors. detebe 21436

Justiz
Roman. detebe 21540

Der Auftrag
oder Vom Beobachten des Beobachters der Beobachter. Novelle in vierundzwanzig Sätzen. detebe 21662

Minotaurus
Eine Ballade. Mit Zeichnungen des Autors detebe 21792

● Das zeichnerische Werk

Bilder und Zeichnungen
Mit einer Einleitung von Manuel Gasser und Kommentaren des Autors. Diogenes Kunstbuch

Die Heimat im Plakat
Ein Buch für Schweizer Kinder. Zeichnungen. Mit einem Geleitwort des Autors kunst-detebe 26026

Außerdem liegen vor:

Die Welt als Labyrinth
Ein Gespräch mit Franz Kreuzer. Broschur

Denkanstöße
Gedanken über Geld und Geist, Politik und Philosophie, Literatur und Kunst, Gerechtigkeit und Recht, Krieg und Frieden. Ausgewählt und zusammengestellt von Daniel Keel. Mit sieben Zeichnungen des Dichters detebe 21697

Über Friedrich Dürrenmatt
Essays, Zeugnisse und Rezensionen von Gottfried Benn bis Saul Bellow. Mit Chronik und Bibliographie. Herausgegeben von Daniel Keel. detebe 20861

Elisabeth Brock-Sulzer
Friedrich Dürrenmatt
Stationen seines Werkes. Mit Fotos, Zeichnungen, Faksimiles. detebe 21388

Friedrich Dürrenmatt
Durcheinandertal

Roman. Leinen

»Dürrenmatts Roman ist außerordentlich dicht gewoben und dürfte den Großmeister auf der Höhe seiner Erzählkunst zeigen. Dieser Roman wird als Gesellschaftssatire voller Ironie, als eine Groteske mit holzschnittartigen Elementen der Räuberpistole in die Literaturgeschichte eingehen.« **Lutz Hagestedt/ Süddeutsche Zeitung** »Der Dürrenmatt-Leser wird mit Vergnügen wiederfinden, was er immer geliebt hat, blitzende Ironie, funkelnden Sarkasmus, bauernschlauen Mutterwitz, gemütliche Bosheit, grauenhafte Komik.« **Reinhardt Stumm/Basler Zeitung** »Der Pastorensohn aus dem Emmental, mit seinen Unheil-Komödien jahrzehntelang der Serenissimus des deutschsprachigen Zeittheaters, läßt aus seiner Eremitage Saison für Saison Manuskripte flattern; lautvergnügte Alterswerke.« **Fritz Rumler/Der Spiegel** »Kierkegaards Theologie der Gnade wetterleuchtet hinter den Bergen, und Kafkas Schloß, das plötzlich hinter dem Kurhaus auftaucht, wirft lange Schatten auf das Häusergenist im Durcheinandertal.« **Andreas Conrad/Der Tagesspiegel** »Kein überflüssiges Wort stiehlt uns die Zeit. Der Text ist so dicht, so reich an Handlung und Bildern, Gestalten und Gedanken, daß sich eine zweite Lektüre, wie bei den meisten Büchern dieses Autors, durchaus lohnt.« **Heinrich Goetz/ Hannoversche Allgemeine** »Ein höchst streitbarer Roman, der eine kontroverse Diskussion förmlich provoziert. Pflichtlektüre für Querdenker und all die, die es werden wollen.« **Peter Mohr/Rheinischer Merkur** »Ein weiteres Bild von ›der Wurstelei unseres Jahrhunderts‹. Ein einmaliges Lesevergnügen.« **Christine Huber/Berner Zeitung** »Im Ernst: ein großes Vergnügen.« **Jürgen Berger/taz**